王太子妃は
離婚したい

凛江
Rie

Regina

登場人物紹介
セレン
フレイアの夫でテルル王国王太子。眉目秀麗で優秀だが傲慢な自信家。
ハロルド
フレイアの幼馴染で護衛騎士。その正体はタンタル王国の王子で……
フレイア
アルゴン王国の元王女で、現テルル王太子妃。武術に優れ、芯の強い性格。

サーシャ
クリスの妻でアキテーク公爵夫人。セレンの元恋人でもある。
クリス
セレンの兄だが今は臣籍降下し、アキテーク公爵となる。兄弟の関係は悪い。
サイラス
フレイアの兄でアルゴン王国の王太子。快活な性格だが妹を溺愛する困った一面も。
ジュリアン
フレイア付きの護衛騎士。出身はテルル王国だが、フレイアへの忠誠心は高い。
メアリ
フレイア付きの侍女。ソラリス同様、アルゴン王国の出身でフレイアの姉的な存在。
ソラリス
フレイア付きの侍女。アルゴン王国出身で元は優秀な女性騎士。勇敢な一面も。

目次

王太子妃は離婚したい

プロローグ

「その首と胴を切り離されたくなければ、大人しく息を潜めていることだ」

そう冷たく言い放った男を見上げ、女は唇を噛み、そして睨みつけた。

男が僅かに眉を上げる。

「人形みたいなつまらない女だと思ったが、そんな表情もするのか」

男は微かに口角を上げ、蔑むような目で見下ろしてくる。

「どうぞ、切り離してくださいませ。そして、我が兄サイラスに贈ればよろしいでしょう」

女は覚悟を決めたように頷くと、睨むように男を見上げた。

男はその切れ長の目をさらに吊り上げ、蒼い瞳を見開いた。

彼の名はセレン。大国テルルの王太子である。

そして、女の名はフレイア。

隣国アルゴンの第二王女にして、王太子セレンの妃である。

第一章　白い結婚

テルル王太子妃フレイアの祖国はアルゴン王国である。

アルゴンは、北をクロム、南をタンタル、西をテルルという三国に囲まれている小国だが、海と山に囲まれて気候が良く、天災も少ない住みやすい国である。

海のもの、畑のものと食物にも恵まれ、国民の気質もその天候同様平和的で穏やかだ。

このアルゴンが小さいながらも豊かな国であるのは、この辺りでは膨大な産出量を誇る金鉱があるからで、その金鉱を巡って時々小競り合いなどは起こるものの、この数十年、大きな戦などもなく平和に暮らしている。

ただ、この平和は周辺国との契約により築かれたもの。

すなわち、度重なる王族同士の婚姻によるものだ。

実際、フレイアの祖母は先代テルル王の王妹であったし、アルゴンの王妹である叔母はタンタルの王族へ、フレイアの姉はクロム王族へと嫁いでいる。

そんな中、アルゴンの第二王女フレイアもまた、幼い頃より隣国テルルの王太子セレンに嫁ぐべく運命を背負っていた。

セレンの誕生より三年遅れてこの世に生を受けた彼女は、首もすわらないうちから隣国の王妃としての未来が決まっていたのだ。

だが、その縁談がたとえ慣例に基づいた政略結婚であっても、幼かったフレイアにとっては決して悲劇ではなかった。

彼女は毎年隣国から送られてくるセレン王子の絵姿に初々しい恋心を抱いていたからだ。


「おはようございます、セレン様」

アルゴン王女フレイアの一日は、絵の中の王子への挨拶から始まる。

この頃のフレイアはお伽話《ときばなし》のお姫様のように、彼に愛されて幸せになる未来しか描いていなかった。

幼く可愛らしかった王子は、張り替えられる絵の中で、凛々しく美しく育っていく。

輝く金色の髪に憂いを帯びた蒼い瞳。

隣国から来る特使たちも、口々に王子の利発さや有能さを褒め称えている。

（こんな素敵な方が私の未来の夫なのね。ああ、早くお会いしたいわ）

夢見るフレイアは、たしかに絵の中のセレンに恋をしていたのだ。

長い婚約期間を経てフレイアがテルルに輿入《こしい》れしたのは、十六歳のことであった。フレイアもまた、賢く美しい女性に成長していた。

その豊かで流れるようなストロベリーブロンドの髪は美しく、琥珀色の瞳はキラキラと輝いている。

フレイア付きの侍女たちはそんな彼女を見て、セレン様もきっと姫様に夢中になられるでしょうと満足そうに目を細めていた。

テルルの王宮に到着した日、出迎えてくれたのは王と王妃のみで、そこにセレン王子の姿はなかった。

その時は何か緊急の用事でもあったのだろうと考えたフレイアだが、翌日も、そのまた翌日も、一向にセレンは姿をあらわさない。

侍女たちは王子はきっとフレイアとの新婚生活をゆっくり過ごすための準備で色々忙しいのだろうと言うし、フレイアもそんなものかと寂しさを紛らわすように明るく振る舞っていた。

周囲の者に心配をかけたくなかったし、何より、期待に胸を膨らませているこの少女には、この先待ち受ける運命など全く想像がついていなかったのだ。

結局、フレイアがセレンと初めて顔を合わせたのは、結婚式の当日だった。

絵姿通りに凛々しいセレンに胸を躍らせたのは最初だけ。

セレンがフレイアを見下ろす瞳は、背筋が凍るかと思うほど冷たかった。

「なんだ、赤毛か」

初対面の時、彼はフレイアの髪をそう嘲《あざけ》った。そして、自分に対して微笑み優雅に挨拶したフレイアへ、同じ微笑みを返すこともなく、蔑むように睨みつけた。

「笑うな」と。

式の最中も、セレンは美しく着飾ったフレイアを一瞥もすることはなかった。

この日のために準備した美しいドレスも、豪華な宝飾品も、全てが虚しく思える。

式の後、酷い仕打ちに震える可憐な花嫁を見て、セレンはなおも冷たい言葉を重ねた。

「安心しろ。これから先、お前に指一本触れる気はない」と。

晩餐会では、セレン王子は完璧な王太子だった。

フレイアを優雅にエスコートし、祝福を述べる列席者たちには笑顔で応える。

だからフレイアもまた、花のような笑顔をその顔に貼り付けた。

隣国から来た花嫁を値踏みするような貴族たちの視線に耐え、微笑むことだけが、フレイアにとってせめてもの矜持《きょうじ》だったのだ。

もちろん、花婿であるセレンがそんな花嫁に、気遣う素振りを見せることは、とうとう最後までなかった。


その夜。

緊張と、期待と不安で震える花嫁の前に、花婿が姿をあらわすことはなかった。

(まさか、新婚初夜に放っておかれるなんて)

あんなことを言われながらも、まだどこかでセレン王子を信じたい自分がいたのである。


「――こんな屈辱、許せません」

漏れ聞こえてくる声は、アルゴンから連れてきた侍女のメアリのものだ。

「姫様がお可哀想です！　至急アルゴンに使いをやりましょう。姫様のご指示さえあれば、私がすぐにでもアルゴンへ発ちます」

そう言ったのは、もう一人の侍女ソラリス。今でこそ侍女の格好をしている彼女だが、元を辿れば彼女はアルゴンの忠実な騎士である。

メアリもソラリスも、身分こそ違えど実の姉のようにフレイアを慈しんでくれる女性たちだった。

「二人とも落ち着きなさい。姫様が起きてしまいます」

たしなめているのは乳母のケティだろう。

三人が隣室で話しているのは、夫であるセレン王太子のこと。

今夜は結婚して初めての夜だというのに、数時間前に王太子の使いから「お渡りはない」と報《しら》せがきたため激怒しているのだ。

けれど当のフレイア本人はそんな彼女たちをよそに、これが現実なのだとどこか冷めた感情を抱いていた。

初対面での冷たい瞳。

結婚式直後の言葉。

晩餐会での態度。

新婚初夜での仕打ち。

嫌でも理解しないわけにはいかないだろう。

夫になった人に、自分が憎まれているということを。

フレイアが輿入《こしい》れして翌日のこと。

周辺各国の王族や特使、自国の貴族を招いての、王太子妃のお披露目晩餐会が催《もよお》された。

昨晩の晩餐会同様に、テルルの貴族たちが余所者《よそもの》の王太子妃に値踏みするような容赦のない視線を向ける中、本来であれば守ってくれるべき夫の王太子は守るどころか一瞥さえしない。

針のむしろのような状態で列席者から挨拶を受ける中、フレイアは一人の女性に目を留めた。

セレンの兄、アキテーク公の夫人。

彼女を見つめるセレンの目は自身に向けられるそれとは全く違っていた。

「……サーシャ」

そう呟いたセレンの横顔は初めて見るような切なげなもので、並び立つフレイアは呆然とそれを見つめていた。

あれは、どう見ても義姉に向ける眼差しではない。

本来フレイアに向けられるべきその瞳は、アキテーク公爵夫人サーシャ、ただ一人に真っ直ぐに向けられていたのだ。

「おめでとうございます、殿下」

アキテーク公に声をかけられ、セレンは我に返ったように「ありがとうございます、兄上」

と呟いた。

「殿下、ご機嫌麗しゅう」

「ああ」

セレンに微笑んだ後、サーシャはフレイアに目を向けた。

「妃殿下、この度はおめでとうございます。お会いできて光栄です」

「……ありがとうございます」

サーシャの顔こそは笑っているが、目は明らかに笑っていない。

その目には、隠しきれない嫉妬と侮蔑の色が含まれていた。

後でソラリスが探ってきた話によると、サーシャの母は王の妹で、当時のテルルでは最も力を持っていた公爵に嫁いでいるらしい。

つまり、サーシャは王の姪であり、セレンとサーシャは従姉弟同士にあたる間柄なのだ。

二人は幼い頃より仲が良く、幼馴染のような関係でもあったという。その上、公爵令嬢サーシャは、フレイアに次いで王太子妃候補に名前があがっていたとのことだった。

けれど二年前にテルルとアルゴンの両国が王太子と王女の婚姻を正式に発表したため、サーシャはアキテーク公に嫁ぐことになったという。

アキテーク公はテルルの第一王子だが、母親が低い身分出身の側妃ということで、臣下に下され、現在では公爵位を賜っている。

（つまり、そういうことか）

見たところ、サーシャはセレンにとって大事な女性なのだろう。

だがそのサーシャはフレイアが輿入《こしい》れしたせいで、あろうことか兄に嫁いでしまった。

そう、フレイアのせいで。

全てが腑に落ちて、フレイアは薄く笑った。

理不尽ではあるが、フレイアに対するセレンの冷たい態度にはそういう背景があるのだ。

十年以上もの間、憧れ続けてきた王子はもういない。

足元がガラガラと崩れ落ちる感覚を必死に耐え、フレイアは真っ直ぐに顔を上げた。

晩餐会の後、フレイアはセレンの執務室に呼ばれた。テルル入りしてから数日、フレイアの寝室を訪れることもなく、食事を共にすることもなかった夫からの急な呼び出しである。

そして今、新妻と初めて向かい合って座った夫は、テーブルに置かれた書類をフレイアに投げて寄越した。

「契約書だ。私のサインはしてある」

彼の冷ややかな目を一瞬だけ受け止め、フレイアは目の前の書類にざっと目を通した。まず、最初の一文に目がとまる。

「これは、『白い結婚』である……。なんですか？　これは」

フレイアが顔を上げると、セレンは薄く笑った。

「私はお前に指一本触れる気はない。アルゴンの血が入った子供など、欲しくはないからな。よって、この婚姻は無効であり、王太子妃は無垢なままだ。離婚する時にそう証明してやれば、お前も再婚がしやすいだろう。私のせめてもの優しさだ」

この数日間で、初めて彼の長い台詞を聞いた気がする。

だけどこの王子……

『白い結婚』だなどと、そんなことが世間に知られたら、恥をかくのは彼自身の方ではないか。

(とんでもない愚か者だ……)

フレイアは冷めた目で王太子を見返した。

元より、王太子にはフレイアを妃と認める意思など皆無だったのだ。

だったら、この婚姻自体、意味がないではないか。

それならいっそ……

「それならば、いっそすぐに離婚してください。私は明日にでもアルゴンに帰ります」

フレイアがそう返すと、セレンは眉を吊り上げた。

「それはならぬ。二国が友好的な契約を結んだ今、お前をすぐに返すわけにはいかない。私が即位し、名実共に実権を握った暁には離婚してやるが、それまで、お前は人質だ」

恥ずかしげもなくつらつらと自分の勝手を述べるセレンに、フレイアはただ呆れていた。

広大な領土を持ち、人口もアルゴンの二倍以上にのぼるテルルは、たしかにアルゴンより大国だ。

けれど地形的な話をすれば、周辺を山に囲まれ、海に出るにはアルゴンかタンタルを通らなければならない。

財力だけを見れば金鉱で潤っているアルゴンの方が、上かもしれない。

もっといえばタンタル、クロムとも良好な関係を築いているアルゴンを敵に回せば、テルルは必然的に三国を敵に回すことになるだろう。

問題は国外だけの話ではない。テルル国内にも火種は燻《くすぶ》っている。

側妃が産んだ腹違いの兄、アキテーク公クリスだ。

セレンが王太子になった理由は正妃の産んだ王子だというその一点のみ。

庶出とはいえ長男のアキテーク公を担ごうとする者は、未《いま》だにいるとも聞く。

諸々鑑みても、セレンが今アルゴンを敵に回すのは得策ではないはずだ。

「まぁ、お前に人質としての価値があればの話だが」

セレンはそう言うと、蔑むような目でフレイアを見た。

フレイアは、自分が何故そんな目で見られるのか皆目見当がつかなかった。

「どういう意味ですか？」

真っ直ぐに見上げると、セレンは冷たく笑った。

「お前はアルゴン国王の側妃が産んだ庶子だろう？　アルゴンは厄介な娘を押し付けてくれたものだな。庶出の王女をテルル王太子の正妃になどと、我が国を馬鹿にしているとしか思えない」

「側妃……？　私の母は側妃ではありません」

「お前がサイラスと腹違いだということはわかっている。他にも王女がいるのにお前が人質に選ばれたとは、よほど兄に疎まれていたんだろうな」

セレンがフレイアを疎んじ、ひたすら冷たく接する理由がまた一つ明らかになった。

セレンはアルゴンが、いらない姫を押し付けてきたと思い込んでいるのだ。

（どこでどうやってそんな勘違いを……！）

「父も兄も、私を愛してくれています。それは、国民にも周知の事実です」

「噂など、いくらでも好きなように流せるだろう」

セレンには腹違いの兄弟が多数いて、特に庶出の長男とはかなり仲が悪いと聞く。

彼にしてみれば、腹違いの兄妹が仲良くするなどあり得ないのだろう。

たしかに兄である王太子サイラスとフレイアとは母親が違う。

サイラスの母はタンタルから嫁入りした王女だが、フレイアの母はアルゴンの貴族の娘だ。

けれど、フレイアの母は王の愛人だったわけではない。

アルゴン王の最初の妃は、第一王女と第一王子サイラスを産んだが、元々体の弱かった王妃はサイラスを産んですぐ亡くなり、王妃に代わってサイラスたちを養育したのが、宮廷勤めをしていた侯爵令嬢であった。サイラスたちも令嬢に懐いていたことから、王は他国から後妻を迎えるのをやめ、彼女を正妃に迎えたのだ。

正妃となった彼女はフレイアと第二王子を産んだが、前妃の子との仲はそのまま良好で、兄弟の仲も当然良好であった。

その後アルゴン王は側妃を持つこともなく、国民の模範になるような仲の良い夫婦を貫いている。

たとえ生みの母親は違っても、フレイアたちは紛れもなく兄弟なのだ。

「殿下は考え違いをなさっています。兄サイラスは私を疎んじてなどおりません」

フレイアはしっかりとセレンを見据え反論したが、セレンはやはり薄く笑っただけだった。

「お前の輿入《こしい》れはサイラスが強引に進めたものと報告を受けている。私自身、庶子であるお前を迎え入れるのには抵抗があるが、元々この縁談は先王の代からの話で今さら覆すこともできん。まぁ、庶子でも少しは人質としての価値があると、サイラスは判断したのだろう」

セレンは、フレイアの真摯《しんし》な訴えにも、全く聞く耳を持たなかった。

（お兄様……）

フレイアは優しい兄を想って目を閉じた。

兄サイラスは決してフレイアを疎んじてなどいない。

それどころか、本当はこの婚姻を渋っていたくらいだ。

なんでも以前テルルを表敬訪問した折、サイラスはセレンとも顔を合わせていたのだが、その時の印象があまり良くなかったらしい。

たしかにテルルとの縁談は二年前に本決まりになるまで口約束みたいなものであったから、断ろうと思えば断ることもできただろう。

けれど、絵姿を見たフレイアの方が、セレンに夢中だったのだ。

だから兄は、泣く泣く可愛い妹を送り出してくれた。

そう、疎んじられているどころか、フレイアはサイラスに溺愛されていたのだ。

「仲が良かったと主張するのであれば、お前の兄は何故先だっての結婚式に顔を出さなかった？」

何を言っても伝わらない王太子は、今度は結婚式当日の話を始めた。

王女が隣国に嫁ぐというのに列席者が王弟である叔父夫婦のみだったため、それを指摘しているのだろう。

「あの時は、国が大変だったのです」

ちょうどあの頃金鉱で崩落事故があり、国はその対応に追われていた。

父も兄も、「国民が大変な時に他国に行くわけにはいかない」と泣く泣く列席を諦めたのだ。

だからアルゴンからの列席者は王弟夫婦のみだったし、それはテルル側にも伝えてあるはずだ。

「まぁ、なんとでも言い訳はできるさ」

一つ一つ、全てのことがフレイアが疎まれた王女であるという根拠に結び付けられていく。

（この人には、もう何を言っても響かない）

フレイアは唇を噛んで俯いた。

それをセレンは是ととったのだろう。

「時期がくれば離婚してやる。その間、王宮から出ることは許さない。他国の姫に好き勝手に探られるのは面白くないからな。ただ、王宮内なら、私に迷惑をかけさえしなければ好きにして構わない。庭園を歩くのは自由だが、執務棟への立ち入りは禁じる。後宮でも、私の寝室や書斎には近づくな。基本的に、私の目に入らないところで生活してもらおう。実家に助けを求めても無駄だとは思うが、手紙類は全て検閲されていると思え。なに、数年の辛抱だ。わかったら、ここにサインを」

セレンが手を伸ばし、自分のサインの下を指差した。

かつて憧れた少年は、とんでもなく冷酷で傲慢な男だったらしい。

フレイアは静かに目を閉じ、息を吐いた。

そして再び目を開くと、力強くセレンを見上げた。

「数年というのは具体的に何年でしょう？　はっきり決めていただけますか？」

数年などという曖昧な数字はいらない。

こんなくだらない結婚には早く見切りをつけて、一刻も早くアルゴンに帰りたいと思う。

反論されるとは思わなかったのか、セレンは少し驚いたように顔を上げた。

「居座りたいということか？　悪いが私の地位が盤石になりさえすれば、お前には帰ってもらう」

「では離婚は三年以内と付け加えてください。それ以上は譲れません。そして、私にも同じものを一通くださいませ」

「何？」

セレンが訝《いぶか》しげに睨みつけてくる。

フレイアは穏やかに、それでいて毅然《きぜん》と言い放った。

「だって不公平でございましょう？　これは契約なのですから」


フレイアは自室に戻るとぐったりとソファに座り込み、目を閉じた。

そして、アルゴンを発った時のことを瞼の裏に浮かべた。

テルルについてこられなかった兄は、王宮ではなく、王都の外れまでフレイアを見送ってくれた。

兄と一緒に見送りに来てくれたのは、フレイアを実の妹のように可愛がってくれていた、幼馴染で従兄のハロルドだった。

二人はフレイアの乗る馬車が見えなくなるまで、ずっと手を振ってくれていた。

（それを……、私がアルゴンの家族に疎まれていたなんて……）

憶測で人を傷つけるようなことを平気で話すセレンが、フレイアは許せなかった。

フレイアが憧れ、胸を焦がしたセレン王子はもうどこにもいない。

それならば、一日も早く離婚されて故郷に帰りたい。

故郷には、愛する家族や友人が待っているのだから。

「殿下は国境付近の視察に出かけられました。しばらく離宮などに滞在されますので、妃殿下におかれましては、どうぞごゆるりとお過ごしくださいとのことでございます」

恐縮しながら伝えてきたのは、テルル側で用意した王太子妃付きの侍従クライブ。

初老の、実直そうな男である。

婚姻から四ヶ月経つが、セレンとフレイアがプライベートで顔を合わせることは全くない。

顔を合わせるとしても、どうしても夫婦で出席しなくてはならないセレモニーやパーティのみ。

食事も別なら寝室も別。こうして長期で出かける時さえ、侍従を通して伝えてくる。

セレン王子は、呆れるほどフレイアを無視していた。

「一国の王太子が、笑えるくらい自己中心的ね」

フレイアがそう言うと、クライブは小さくなって汗を拭った。

妃付きの侍従に任命され、最初こそ貧乏くじを引いた気分のクライブであったが、今となってはフレイアに対する認識を変えている。

フレイアは王族でありながら、全く驕ったところがない。

使用人たちには笑顔で接し、自分がアルゴンから連れてきた者とテルル側の者との分け隔てもしない。好き嫌いもなくなんでも食べるため、料理人の手を煩わせることもない。それどころか、気に入った料理があると「作り方を教えてほしい」と厨房に出向いたりするほどだ。

（本当に、セレン殿下には困ったものだ）

クライブは開かずの扉を思いながらため息をついた。

王太子と王太子妃の寝室は隣り合わせで、扉一枚で繋がっている。

しかし成婚以来その扉が一度も開けられていないことは、二人の身近に仕える者は皆誰でも知っている。

――『白い結婚』。

その事実は今は最小限の者しか知らないが、期間が長くなれば長くなるほど王宮内に知れ渡っていくことだろう。そうなればいずれは国民、そして、隣国アルゴンにまで伝わるに違いない。

それまでになんとか『本当の意味での結婚』になってもらえないだろうか、とクライブは思う。

王太子の方が、妃を理不尽に扱っているということはもうわかりきっているのだから。

この問題について、王太子の侍従と話したこともあるのだが、結局何も動きがないまま、すでに四ヶ月も経ってしまった。

この四ヶ月、フレイアは夫から捨て置かれているというのに癇癪も起こさず、我儘《わがまま》も言わない。

それどころか、この国のことを知ろうとする意識がとても高い。

テルルは上質な絹織物の産地だが、フレイアは「この国に来たからには勉強したい」と言い出し、自室に織機《しょっき》を運び込んだり、名人を招いて教えを乞うたりしている。

果てには、「繭から作りたい」と言って蚕まで飼い始めた。

器用で熱心なフレイアはすぐに機織りを覚え、すると今度は「染色も学びたい」と言い出した。

城内にある染め職人の工房に出向いて、職人に弟子入りまで志願した時には皆驚いたものだ。

とにかく王太子妃は多趣味で好奇心旺盛な女性なのである。

そして、他国から嫁入りした王族なのに彼女には全く壁がない。

誰にでも笑顔を向け、気さくに声をかけ、平等に接する。

だから、フレイアを知った人は皆彼女を好きになる。

今や、クライブをはじめテルル側から選ばれたフレイア付きの侍女や護衛騎士も、皆彼女を好いている。

それなのに……、王太子殿下は一体何を考えておられるのか……

フレイアのことが気に入らないとはいえ、これは国同士の婚姻なのだ。

二人が仲良くしなければ、国の仲にもヒビが入るとは思わないのか……

クライブはもう一度、深くため息をついた。


「今日から、剣の稽古をしたいの」

フレイアがそんなことを言い出したのは、成婚して約五ヶ月後のことだった。

にっこりと微笑んだフレイアに、クライブとジュリアンは目を見開いた。

ジュリアンというのはフレイアの護衛騎士で、四人いる護衛騎士のリーダーでもある。

「だって自分の身くらい自分で守れないと」

当然のように告げてくる主に、ジュリアンは目眩を覚えた。

「私、輿入《こしい》れする前は毎日剣の稽古をしていたの。でもお転婆すぎて夫に嫌われても困るから封印していたのだけれど、もうそんな必要もないでしょう?」

困ったように笑う主に、クライブとジュリアンは眉をひそめた。

そう。お淑《しと》やかにしようと、お転婆放題しようと、どちらでも変わりはないのだ。妃が何をしようと、王太子は全く関心がないのだから。

ただ、王宮の中で息をしてさえすればいい。

それだけの存在なのだから。


その日フレイアは、王宮内の庭園で薔薇の花びらを摘《つ》んでいた。

天日干しにして、薔薇のお茶を作ろうと思ったのだ。

「フレイア様、棘《とげ》に気をつけてくださいね」

侍女のメアリが籠《かご》を持ってついてくる。

元女騎士のソラリスも周りに気を配りながら後ろに控えている。

「今度は薔薇茶ですか？　本当に姫様って次から次へと興味を持つのね」

メアリは毒づいて籠《かご》を振り回した。

フレイアが何か始めるたび、巻き込まれるのはメアリとソラリスなのだから。

「あら。じゃあメアリは美味しい薔薇茶ができても飲まないのね？」

フレイアが横目でちらりとメアリを見ると、彼女は唇を尖らせて「姫様の意地悪……」と呟いた。

乳姉妹の二人はお互いの身分を超えて、本当の姉妹のように仲が良い。

「メアリ、どうせ姫様は一番先に私たちに淹《い》れてくださるわよ。自分が作ったものを振る舞うのがお好きなんだから」

そう言って少々呆れたように苦笑いしているのはソラリス。

いつも温かく見守ってくれるソラリスも、フレイアにとっては姉のような存在だ。

「見事な薔薇だわ……」

フレイアは鼻先を近づけて匂いを吸い込んだ。

何かと息が詰まる結婚生活だが、こうして花の香りを楽しめば、気持ちも和むというものだ。

アルゴンの王宮にも薔薇園はあったが、テルルの薔薇園の方が種類が豊富で、また一つ楽しみが増えた……と、フレイアは微笑んだ。

しばらく薔薇摘《つ》みを楽しんでいると、ふいに背後で大きな音が聞こえて、ソラリスが咄嗟に剣を構えた。

「おー、怖い」

フレイアが振り向くと、若い男が両手を上げて立っていた。

「さすが王太子妃フレイア様の侍女だ。背後にも目がついているようですね」

戯《おど》けたように笑う男に、フレイアは胡乱《うろん》な目を向けた。

「おふざけがすぎますわ、アキテーク公。足音を忍ばせて近寄ってきたのは貴方の方でしょう?」

「これはこれは失礼致しました、妃殿下。私のことを覚えていてくださったのですね?」

「貴方は私にとってもお義兄《にい》様。忘れるはずがございませんわ」

「義兄《あに》などと……、もったいない」

男は胸に手を当て、礼の姿勢を示した。彼こそがセレンの兄、アキテーク公クリスである。

クリスは現国王の長子であるが、庶子のため臣下に下り、公爵の地位を与えられた男である。

フレイアが彼に会うのは結婚式翌日の晩餐会で顔を合わせて以来、久しぶりだった。

どうやらクリスはあれ以来自領に戻っていたらしい。

「つい今しがた王都に着いたので、妃殿下にご挨拶をと思いまして」

にっこり笑うクリスだが、その目は笑っていない。

(セレン王子とはまた違った意味で、何を考えているのかわからない男ね)

フレイアは夫とよく似たクリスの目を見ながらそう思った。

「妃殿下にはご機嫌麗しゅう……」

クリスがフレイアの手を取り、手の甲に口づける。

その流れるような優雅な姿に、フレイアは内心、この人、相当遊んでるわねと思った。

「せっかく王都に出てきたのに、弟君《おとうとぎみ》がご不在で残念でしたわね」

手を引っ込めながらそう言うと、クリスは薄く笑った。

「妃殿下だってお聞き及びでしょう。私たちは兄弟とはいえ、次期国王と臣下です。私はこれから先、王太子殿下を支えていく民の一人。普通の兄弟とは全く違いますよ」

長子でありながら王太子にはなれなかったのだ。彼にも色々と複雑な思いがあるのだろう。

しかも、未《いま》だにクリスを推す一派もあると聞く。

その牽制《けんせい》のために、早めにクリスを王籍《おうせき》から外したということも噂されている。

「国王に領地経営の報告も兼ねて、王都には妻に会いに来たのです。妻は田舎に行くのは嫌だと言って自領には行かず、王都の邸宅に住んでおりますので」

「公爵夫人が……？」

フレイアは、晩餐会で会った優雅で美しいサーシャを思い浮かべた。

「まだ邸宅には顔を出しておりませんが、まぁ……、彼女が家にいればいいですがね」

クリスはそう言うとニヤリと口角を上げた。

「どういう意味ですか？」

「誰かさんの視察に同行してなければ、家にいるでしょうということです」

「……………？」

「妃殿下のお耳にも入っていらっしゃるでしょう？　私の妻サーシャが、元は弟の恋人だったと」

「それは……」

聞いてはいたが、まさかここでこんな話をされるとは思わず、フレイアは狼狽《うろた》えた。

フレイアの動揺を見てとると、クリスはさも面白そうに眉を上げる。

「まぁ、視察に同行というのはさすがに冗談ですが、あの二人はまだ続いていると専《もっぱ》らの噂ですよ」

「まさか……」

「噂が真実なら……、大方、政略結婚で引き裂かれた悲劇の恋人という設定に酔っているのでしょう。笑えますな」

「何故……、そんな話を私に？　アキテーク公は奥様が心配ではないのですか？」

目の前の紳士はまるで自分の妻の話をしているようには思えず、面白いゴシップでも語っているように見える。

「私たち夫婦の間に愛なんてありませんよ。サーシャは他国の王女を迎えるセレンに当てつけるため、兄である私を選んだ。私は弟の悔しがる顔が見たいがためだけにサーシャを妻に迎えた。利害が一致したのです。私には自領に側室もおりますし、子供もおります。王族や貴族に側室や公式寵姫《ちょうき》がいるのは普通のこと。実際父にも側妃がたくさんいて、私の母もその中の一人ですから。いずれ、サーシャもセレンの公式寵姫《ちょうき》として後宮入りするかもしれませんね」

公式寵姫《ちょうき》……？

夫がいて側妃にはなれない恋人を、王室では公式寵姫《ちょうき》と呼んでいる。

フレイアはクリスの話に目眩を覚えた。

同じ王族でも、フレイアの実家とは全く別の世界の話のようだ。

フレイアの父は先妻の時も、フレイアの母を迎えてからも、正妃以外に側妃を持たない。

一国の王ではあるが、妻にも子供たちにも愛情を注ぐ優しい家庭人である。

「ですから……」

クリスの声に我に返ると、いつの間にか彼に手を取られていた。

「私たちは私たちで、楽しみませんか？」

「…………は？」

手を取られたまま、フレイアは呆けたような声を上げた。

「セレンとサーシャはよろしくやっているのです。私たちだって楽しんでもよいでしょう？」

「……何を！」

フレイアは慌てて手を引っ込めた。

「おや？　真っ赤になって。王太子妃殿下は意外と初心《うぶ》に見える」

ニヤニヤと笑いながら手を伸ばしてくる義兄《あに》に嫌悪感を覚え、フレイアは一歩、二歩と後ずさった。

「貴女だって、新婚早々夫が不在では寂しいでしょう？　独り寝の寂しさを、私が慰めてさしあげましょう」

セレンと似て顔こそ美形ではあるが、フレイアは鳥肌が立つほどこの男を気持ち悪く思った。

「おやめください」

低い声がして、ソラリスがフレイアの前に立ちはだかった。

手には短剣を構えている。

「お戯《たわむ》れがすぎますよ、アキテーク公」

ソラリスはフレイアを後ろ手に庇《かば》い、剣の切っ先をクリスの方に向けると、彼を睨みつけた。

「ハハッ、冗談だよ。おー、怖い、怖い」

クリスは両手を上げると、ヘラヘラと笑って見せた。

「楽しい散歩でした。ではまた、王太子妃殿下」

胸に手を当てて礼の姿勢をとると、踵《きびす》を返して去っていく。

「大丈夫ですか⁉　フレイア様！」

ソラリスとメアリがフレイアを挟むように抱えこむ。

「ええ……」

三人は寄り添ったまま、しばらくアキテーク公クリスの後ろ姿を見送っていた。

◇◇◇

（本当に、つまらない女だ）

こうして一緒に食事をとっていても、微笑みの一つも見せやしない。

セレンは、目の前で能面のような顔で食事をしているフレイアを見て鼻白《はなじろ》んだ。

結婚して半年。二人がこうしてプライベートで食事をするのは初めてのことだった。

セレンはいつも執務棟で食事をとっているし、妃がどうしているかなんて知らないし興味もない。

昨日視察から戻ってきたばかりのセレンに、宰相がどうしても『妃殿下と晩餐を』とせがむから、あまりにも不仲では、国の内外に体裁が悪いだろうと、仕方なく席を設けただけだ。

元より仲良くする気などさらさらないが、仕方がない……、たまには顔でも見てやるか。

そんな気持ちで、セレンは妃と晩餐を共にすることを承知したのだ。

その結果が、目の前の一言も発さず、ただ黙々と咀嚼《そしゃく》のみをする妃フレイアである。

(これでも、初めて会った時は少しは可愛げがあったのにな)

妃の顔を見ながら、初めて会った日のことを思い出す。

彼女はキラキラした瞳を向け、頬を薔薇色に染めてセレンを見上げてきた。

(何を今さら……。壊したのは私だ)

そういえば、『笑うな』と言ったのも自分だった。

自分が暴言を吐いた時から、この女は色をなくした。

笑わなくなり、話さなくなった。全て、セレン自身が望んだことだ。

それでいい。これは、期間限定の政略結婚なのだから。

テルルとアルゴンは今でこそこうして王族の縁組によって結ばれてはいるが、かつては領土や金鉱を巡って争ったこともある二国だ。

だから表向き友好関係があっても、何かあれば敵対することもあり得るという緊張を常にはらんでいる。

加えて、軍事力ではアルゴンに優っていると思い込んでいるセレンは、昔からアルゴンを小馬鹿にしているところがあった。

大国テルルの軍事力を以《もっ》てすれば、小国アルゴンなど簡単に属国にできるのではないか、と。

ただ、テルルは大国だが海に面してはいない。

一方アルゴン、タンタル、クロムの三国は、小国ながら海に面している。

しかも、この三国は王族の婚姻関係だけでなく、民間レベルでも交流が盛んな友好国だ。三国が手を組んでいるうちは容易に手を出せないが、自分が王になったら……、とセレンは思う。

セレンは未《いま》だに王太子であり、しかも兄を推す貴族がいるせいで王太子の座さえ確固たるものではない。

けれど、国王になった暁にはさらにテルルの国力を高め、筆頭国として君臨する。

そのためには、この親兄弟にも疎まれ人質にもならないような女も、少しは役に立つだろう。

結局二人は、一言も話さず、視線も交わさないまま晩餐を終えた。

フレイアにとっては、苦痛以外の何物でもない時間であった。


「……あれは？」

妃と食事をしてから数日後、王太子セレンは、たまたま執務室の窓から見下ろした庭に目が留まった。

数人の騎士が剣の手合わせをしているようだが、その中の一人は小柄で細くて、およそ騎士らしくない。

王家の騎士には身体的なテストもあるはずで、特に王宮内で働く者は体力、知力と共に体格も重視されるはず。

あんなに華奢な騎士は見たことがない。

しかもその騎士を囲む四人の騎士は、他の騎士では見かけないような鮮やかな紫色のスカーフを巻いていた。

「……王太子妃殿下の騎士たちですね」

側近がセレンの後ろからそう言った。

「……あの鮮やかなスカーフは？　他の騎士たちはしていないようだが」

「妃殿下自ら織り、染めたものらしいです。お揃いで作ってやったのでしょう」

「妃が……？」

「妃殿下は今、機織りと染色に凝っておられるようです。最近では蚕も育てていらっしゃるようですよ。実は私も、妃殿下からいただきました」

そう言ったのは宰相で、彼はシルクのハンカチを取り出した。

「宰相殿も？　実は私も……」

「え？　私も……」

宰相のさらに後ろに控えていた大臣たちも、ハンカチを取り出した。

「この透かし織は妃殿下がデザインされたようです。皆に配って、楽しんでおられるようですね」

「皆とは？」

「妃殿下と関わりを持った者ですよ。私は妃殿下がテルルの歴史を勉強されたいと言うので講義した時に」

「私は妃殿下が馬を見たいとおっしゃった時に厩舎にご案内を」

「私は妃殿下と海産業についてお話を」

「なんだと？　何を勝手なことを……！」

セレンが眉を吊り上げた時、側近が、あれは妃殿下ではありませんか？　と言い出した。

「やぁ、お強い！　フレイア様を女性にしておくのはもったいないな！」

王太子妃フレイアの護衛騎士ジュリアンは、はぁはぁと息を荒らげながら剣を腰に戻した。

「でもジュリアンたちには勝てないわ」

フレイアは悔しそうにジュリアンを睨んだ。

「守るべき方に負けるようじゃ、騎士など務まりません」

ジュリアンがカラカラと笑い、つられて他の三人の護衛騎士も笑う。

その周りには王太子の護衛騎士や王宮の親衛隊の一部もいて、皆も一様に笑っている。

フレイアがジュリアンに剣の稽古をしたいと言ってきたのは一ヶ月前。

その日から、彼らの自主練時間に合わせ、毎日のようにフレイアはやってきた。

最初は王太子妃が剣の稽古など外聞が悪いから、と護衛騎士たちだけに手合わせしてもらっていたのだが、やがて噂を聞きつけた他の騎士たちも見に来るようになった。

隣国の王女の剣などお遊びだろうとからかうつもりで見学に来たのに、フレイアはちょっとした騎士と同じくらいに強かった。中には手合わせを願う者も出てきて、女と侮《あなど》って手加減すればあっという間にフレイアに倒された。

本来なら恐れ多くて目も合わせられないお妃様が、楽しそうに騎士たちに交じって剣を合わせる。

偉ぶらず、明るく気さくなフレイアは、騎士たちからも人気を集めていた。

「わっ、殿下がご覧になっているぞ」

騎士の一人の声で、皆一斉に王宮の方を振り返り、立ち上がって、敬礼をする。

フレイアも振り返り、そしてセレンと目が合った。

その瞬間、先程まで声を立てて笑っていたフレイアの顔は色をなくした。

（なんだ、あの笑顔は）

自分の前では全く表情を変えない妃が、大勢の男に囲まれて笑っている。

笑顔を見せないよう仕向けたのは自分だが、他の男に笑っているのは不愉快だ。

しかも、剣だと？　仮にも王太子妃だというのに。

「あのように若い男に囲まれて……。どんな噂を立てられるか少し考えればわかるだろうに。なんて浅はかな……」

そう呟くと、側近は首を傾げた。

「妃殿下はあちこちで若い男性と関わっておりますが、不思議とおかしな噂は立っておりません。きっと誰とでも分け隔てなく接する妃殿下のお人柄によるものでしょう」

「あちこち……、だと？」

「ええ、織物の職人もそうですが。毎日のように厨房に入られて、料理長をはじめとする料理人たちとも交流されています。昨日も一昨日も、殿下が『美味い』と召し上がったデザートは妃殿下の手作りですよ」

「厨房……、だと……？」

そう言ったのは、いつの間にか控えていたセレンの侍従長だ。

織物の件といい、料理の件といい、初めて聞く話ばかり。そこにもってきて剣まで……

「お前はずいぶん前から知っていたのだな。何故私に報告しなかった」

そう言って側近を睨めば、彼は涼しい顔でこう言い放った。

「以前、妃殿下の日常についていちいち報告するなとおっしゃったのは殿下ではありませんか」

宰相も頷きながら付け加える。

「殿下。殿下が迎えられた妃殿下は素晴らしい女性です。どうぞ、もっとフレイア様自身に目をお向けください」

宰相の言葉に、セレンは再び窓の外を見た。それに気づいた騎士たちがまた一斉に敬礼する。

そんな中、彼と目が合い、瞬時に笑顔が抜け落ちていくフレイアの顔を、セレンはただ眺めていた。


「なんのつもりだ？」

目の前で不機嫌丸出しの男にため息が漏れる。

あの後すぐにフレイアは、王太子の執務室に呼ばれた。

いつか何か言われるとは思っていたが、何も悪いことはしていないし、今の生活を変える気もない。

「私に自由にしていいとおっしゃったのは殿下です。今日はたまたま目に入ってしまったようですが、明日からはもっと目立たない場所で稽古します」

そう言って見上げれば、そういう問題じゃない！　とセレンは声を荒らげる。

では一体どういう問題だと言うのか……

フレイアはまたため息をついたが、その態度がセレンを余計に苛立たせたようだった。

「手作りのハンカチを配ったり、厨房に入って料理人と仲良くしたり、騎士に交じって剣の稽古をしたり……。お前は一体何を企んでいる？　若い男を手なずけて、どうするつもりだ。宰相や大臣とも通じているようだな。逃亡の手伝いでもさせる気か？　それとも味方につけて居座る気か？　それとも……、密偵気取りで我が国を探っているのか？」

……またこの王子は斜め上から。

フレイアはさらに大げさにため息をついた。

機織りも、料理も、勉強も、そして剣の稽古もやめる気はない。

「なんのつもりもありません。お飾りとはいえ、私はこの国の王太子妃です。たとえ王宮内のみでも、国を知り、民と交わり、自分の身は自分で守れるように精進するのはいけないことですか？」

フレイアに反論され、セレンは答えに詰まった。

王宮から出られないのはセレンが命《めい》じたからで、その中で自由にしていいと言ったのも自分だ。

しかし……、この女、本当に腹が立つ。

「それから殿下。もう一つお願いがございます。城外に出てはならぬとの仰せでしたが、私を貧民街や孤児院、老人施設に慰問に行かせてくださいませ」

「……なんだと？」

「恵まれない子供たちや貧しい人々と触れ合うのも、王族の務めと存じます」

「福祉については大臣たちがちゃんとやっている。だいたいお飾りの王太子妃が、たわけたことを」

「お飾りであっても私は王太子妃です。お金をばらまくのは政治家がやればいい。でも、それだけではいけません。国民の心に寄り添うのは王族の務めです」

至極真っ当なことを言われ、セレンは言葉をなくした。

これは、誰だ。

自分が報告を受けた隣国の王女は、側妃の娘であるにもかかわらず傲慢で愚かな女だと聞き及んでいた。それ故に、父や兄からも疎んじられていると。

もしかしたら、意図的に誤った情報を流されていたのかもしれないとここにきてセレンはようやく思い至った。しかし、大国テルルの王太子として、今さら自分の非を認めることもできない。

しかも、自分に食ってかかるなど、この女はやっぱり傲慢だ。

「……厨房の出入りと機織りは許そう。だが、剣の稽古と慰問は許可できない」

城から出す気はないし、王太子妃が騎士に交じって剣の稽古など、どうあっても許せない。

冷たく言い放つセレンを、フレイアは流し見た。

「では、私をアルゴンに帰してください」

「何？」

「すぐに離婚してください、今ここで」

その瞬間、鞘に収まったままの剣が、フレイアの耳を掠めるようにして壁をついた。

「生意気な！　私を脅す気か？」

「脅しではありません。お願いです」

フレイアは怯えもせず、セレンを冷ややかに見上げる。

セレンは軽く舌打ちした。

「その首と胴を切り離されたくなければ、大人しく息を潜めていることだ」

冷たく言い放ち、ぐっと顔を近づける。

フレイアは唇を噛み、そしてセレンを睨みつけた。

その様子にセレンが僅かに眉を上げる。

「人形みたいなつまらない女だと思ったが、そんな表情もするのか」

微かに口角を上げ、蔑むような目で見下ろしてくる。

フレイアは覚悟を決めたように頷くと、凛とした表情でセレンを睨み上げた。

「どうぞ、切り離してくださいませ。そして、我が兄サイラスに贈ればよろしいでしょう」

意思を持った強い瞳に、セレンはひるみ、剣を下ろした。

元より、そんなことをする気はさらさらない。

ただ、この生意気な女を怯えさせてやりたかった。

そうすれば、自分のこの行き場のない苛立ちも少しは解消されると思ったのだ。

結局、折れたのは王太子の方だった。

剣の稽古は続けられ、その後も騎士たちと手合わせする姿が見られた。

数日後からは、王太子妃による孤児院、病院等の慰問が始まった。

フレイアは膝を床につけて病人たちを見舞った。

貧しい者たちに寄り添い、話を聞いた。孤児たちを抱きしめ、頬ずりをした。

教会や慈善団体の人々とも会い、語らう時間を設けた。

優しく凛々しい王太子妃は、テルル国民の間にも浸透していったのである。

そしてその間も、王太子と妃の冷めきった晩餐の席は時々設けられた。

相変わらず、言葉もなく視線も交わさない晩餐が。

成婚後八ヶ月が経ったある日。王宮のエントランスで、セレンは目の前の光景にただ驚いていた。

隣国アルゴンの王太子サイラスが、セレンの妃フレイアを抱きしめているのである。

遡ること二ヶ月前。隣国アルゴンより、王太子サイラスがテルルを表敬訪問したいとの報《しら》せが届いた。王女フレイアの成婚式に出席できなかったことを詫びつつ、あらためて訪問させてもらいたいというのだ。

アルゴン側としては、政略結婚で押し付けた庶出の王女がきちんと役割を果たしているか探りに来たいというところだろうか……と、セレンは考えた。

どの道、これでフレイアの嘘にも決着がつく。

自分は父にも兄にも愛されている、などと、どの口が述べるのか。

そんなに愛されている王女が、人質まがいの政略結婚に利用されるものかと、まだ、そんな風に思っていたのである。

そして本日。サイラス王太子が王都に入ったと伝令があり、セレンとフレイアは身支度を整えて、王太子を出迎えるためにエントランスに向かっていた。

心なしか、フレイアの雰囲気が柔らかい。

まるで、兄の来訪を心待ちにしているような……？

豪華な馬車が到着し、中からフレイアとよく似た琥珀色の瞳を持つ青年が降りてきた。

その青年は馬車を降りるなり、セレンの方には一瞥もくれず、真っ直ぐにフレイアに駆け寄った。

「フレイア！」

その青年――サイラスは、なんの躊躇もなくフレイアを抱きしめた。

「お兄様！」

フレイアの手が、しっかりとサイラスの背中に回される。

「フレイア！　ああ、フレイア！」

サイラスは少し体を離すと、両手で妹の頬を撫でさすった。

「ああ、ますます綺麗になったね、フレイア。よく顔を見せてくれ！」

（……これは、なんの茶番だ？）

セレンは目の前の光景に固まった。

（演技か？　いや、しかし……）

どう見ても妹との再会を心から喜んでいるようにしか見えないが、サイラスがかなりの役者なのだとも考えられる。

『王女フレイアは、兄サイラスに疎まれている』

それは、なんの根拠もない話ではなく、成婚前に探りに行かせた者からのきちんとした報告であった。

もしかして密偵が嘘の報告を……？　でも、何故……？

あれ以来、金を受け取った密偵は全く顔を出していない。

何か得体の知れない存在を感じ、セレンは身震いした。

ひとしきり妹との再会を喜んだサイラスは、やっと気がついたようにセレンの方を振り返った。

「ああセレン殿。お見苦しいところを見せて申し訳ない。久しぶりにフレイアを見たらもう嬉しくて嬉しくて嬉しくて……！」

「いえ……、この度ははるばる遠方より来訪していただき、ありがとうございます、サイラス殿」

握手をして、微笑み合う。

「とりあえず、中へ……」

そう言ってセレンが踵《きびす》を返そうとした時、突っ立ったままのフレイアが目に入った。

訝《いぶか》しく思いその視線の先を辿ると、サイラスの後ろに控えている護衛騎士の一人に辿り着いた。

フレイアと騎士は無言で見つめ合っている。

しかもフレイアを見ると、彼女は驚いたように目を見開いているではないか。

「フレイア?」

おそらくセレンが彼女の名を呼ぶのはこれが初めてだろう。フレイアは弾かれたように振り返り、セレンに歩み寄った。

王宮内に入り軽くお茶を飲んだ後、サイラスは一旦部屋に案内されることになった。

「夜は一緒にお食事を。明日は歓迎の晩餐会を予定しております」

滞在は四日間。その間、テルルの産業である養蚕《ようさん》や織物工場の見学、騎士学校の視察などを予定している。

「夕食の時間まで、フレイアと話したいのですが」

応接間を退席する時、サイラスがセレンに声をかけた。

「それは、私も同席してよろしいですか?」

国同士の公式な訪問だから、ホストはあくまでも王太子であるセレンだ。妃であるフレイアと同席するのは当然だと思い、そう言ったのだが、サイラスはにっこり笑っただけだった。

「八ヶ月ぶりに愛おしい妹と会うのです。どうぞ水入らずで過ごさせてください」

その目は全く笑っていなかった。

「そうですか……、ではそのように取り計らいましょう」

「ご配慮感謝します。では、フレイア」

兄が差し出した手に、妹は躊躇なく手を乗せた。

二人が行きかけたところに、セレンが再び声をかけた。

「明後日は狩りを計画しております。もちろん背中に不安がなければの話ですが」

セレンは微笑んだ。

狩りは銃や弓矢を持って駆け回るから、いつ何が起きるかわからない。武器を持つのだから、お互いの信用がなければできない遊びだ。

サイラスは躊躇なく、行きましょうと微笑み返した。

「ああ、じゃあフレイアも」

サイラスが妹の肩に手を回した。

「…………は？」

もちろん視察にはフレイアを同行させるつもりだったが、狩りは男性独自のものだ。

「何故、フレイアを？」

訝《いぶか》しげに首を傾げるセレンに、サイラスは満面の笑みを見せた。

「フレイア、セレン殿に話したことはないのかい？　フレイアは私よりも馬も矢も上手なんです。きっと驚きますよ」

◇　◇　◇

「どういうこと？」

フレイアは、兄と、兄についてきた大使、そして騎士の身分で何故か部屋に入っている兄の護衛騎士に向かって声を荒らげた。

「ちょっとフレイア、聞こえちゃうよ」

サイラスが蕩けるような笑顔を向けながら妹の頭を撫でている。

人払いはしたが、ドアの外にはフレイアの護衛騎士も控えている。

「どうしてこの人がここにいるのよ？」

フレイアが部屋に入ってきた護衛騎士を指差した。

「最近伯爵家を継いだコバルト伯だよ」

サイラスがしれっと答えているが、この男はどう見ても……

「誰かに知られたらどうするつもり？　ハル！」

フレイアに睨まれた男は、バレたか、とばかりにペロリと舌を出した。

黒髪に黒い瞳のその男は、こてんと首を傾げて人懐っこい笑顔を見せた。

「フレイア、そんなに怒るなよ」

ハロルド・タンタル。

正真正銘、アルゴンの友好国タンタルの第五王子である。

サイラスの母はタンタルの王妹だったため、ハロルドとサイラスは従兄弟同士にあたる。

フレイアの母は後妻のためハロルドと血の繋がりはないが、同じように従兄妹として付き合ってきた。しかもハロルドの母もまたアルゴン王家から分かれた貴族家出身で、両国は二重、三重の縁で繋がっていた。王家同士も親しく交流していたため、フレイアたちは幼い頃から親しんだ、いわゆる幼馴染と言ってもいい間柄だ。

「だって俺だって、人妻になったフレイアに会いたかったんだよ」

唇を尖らせるハロルドは、とても一国の王子……、それも年上には見えない。

ハロルドはフレイアの三歳上で、今年二十歳になるはずだ。

「それにしてもタンタルの王子の貴方が……。本当に誰かに知られたらどうするつもりなのよ。外交問題よ？　これは」

招かれてもいないタンタルの王子が勝手にやってきて、しかもそれを手助けしたのがアルゴンの王太子だなんて。

「大丈夫だよ。俺、テルルに来るの初めてだし。王太子含め誰も、第五王子の顔なんて知らないさ。ま、バレた時は、バレた時？」

戯《おど》けて見せるハロルドにフレイアはため息をついた。

（そうだった、ハルってこういう人だった）

彼は他の兄たちと離れて生まれた第五王子という立場故か、小さい頃から奔放で自由だった。

（お兄様とハルにくっついて遊んでいたあの頃は、よくからかわれて泣かされていたっけ）

「ところでフレイア、もうすぐ誕生日だよね？　これは私からの誕生日プレゼントだよ」

サイラスが、大きな箱をフレイアに渡してきた。

「そういえば……！　ありがとう、お兄様！」

テルルに来てからのフレイアは何かと忙しく、自分の誕生日なんてすっかり忘れていた。

箱を開けると、中から出てきたのは深紅のドレス。

「フレイアの髪の色によく似合うだろう？」

フレイアを溺愛する兄は、妹を着飾らせることが趣味なのだ。

「嬉しい、お兄様。今夜の晩餐にはこのドレスを着るわ」

「フレイアは可愛いから何を着ても似合うよ」

妹を溺愛する兄は目を細めてフレイアを褒める。

「フレイア、俺からも誕生日プレゼントだ」

横からハロルドも小ぶりの箱を渡してくる。

「どうしてハルまで？　私の誕生日、覚えてたの？」

フレイアが訝《いぶか》しげに見上げると、ハロルドは少し頬を染めて、不貞腐《ふてくさ》れるように唇を尖らせた。

「……覚えてるよ。よく一緒に祝っただろ？」

「ふふっ、嬉しい」

フレイアが開けて見ると、箱の中身は赤い石のついたネックレスとイヤリングだった。

フレイアは驚いて箱の蓋を閉じるとハロルドに戻してしまう。

「こんな高価なもの貰えないわ、ハル。こういうのは恋人や未来の奥さんにあげて」

「せっかく持ってきたんだからそんなこと言わずに受け取れよ。それ、タンタル産のルビーなんだ」

「でも……」

「まぁまぁ。ハルがそう言うんだから、遠慮なく貰えばいいだろ？」

躊躇するフレイアに、サイラスが声をかけた。

「……そうね。ありがとう、ハル。これも今夜、使わせてもらうわ」

ハロルドは少年のように満面の笑みを見せた。

「それから、こっちは琥珀」

「琥珀？」

「これもタンタル産だ。琥珀は君の瞳の色だから……。すごいだろ、蝶《ちょう》入りだぞ」

「本当……、すごいわね……」

今までも虫入りの琥珀は見たことがあるが、こんなに大きな蝶《ちょう》が閉じ込められているものは初めて見る。

「よく虫捕りに行ったよな？」

ハロルドが懐かしむように目を細めた。

小さい頃のフレイアはお転婆で、よくサイラスとハロルドの後をついて回っていた。

虫捕り、木登り、海水浴……、普通の男の子の遊びなら、ほぼ経験済みだ。

剣の稽古だって、最初は兄たちの稽古を見よう見まねで始めたものだった。

「それがこんなに綺麗になっちゃって……」

目を潤ませてフレイアを見つめているのは、妹馬鹿のサイラスである。

サイラスはお転婆な妹を諌めるどころか、いつもフレイアのやりたいことをやらせてくれていた。

いつだって庇《かば》ってくれて、守ってくれて……

フレイアが三歳くらいのことだっただろうか。兄を真似て木に登ったフレイアが枝から落ちたことがあって、その時も、フレイアを受け止めて下敷きになってくれたのはサイラスだった。

（気をつけないと）

これほどシスコンの兄なら、セレンとフレイアの不仲などすぐに気づいてしまうだろう。

そうなれば即刻フレイアを国へ連れ帰ると言い出すかもしれない。けれど、フレイアには、せっかく良好な二国間の関係を、自分のせいで壊す気などさらさらない。

それで被害を被るのは、いつだって善良な市民なのだから。

その夜。一旦自室に戻ったフレイアは、身支度を整えてセレンを待った。

兄に貰った深紅のドレスに、幼馴染に貰った宝飾品をつけて。


王太子セレンは、食事の席にエスコートするために妃フレイアの部屋を訪れた。

普段はエスコートどころか食事も時々しか共にしないが、今夜はフレイアの兄であり隣国の王太子であるサイラスとの食事のため、夫婦別々に向かうわけにはいかない。

迎えに来たことを告げ、部屋からあらわれたフレイアを見たセレンは、思わず息を呑んだ。

深紅のドレスはそのストロベリーブロンドの髪をさらに美しく見せ、ルビーの飾り物は透き通るような白い肌によく映えている。

地味な色合いのものを身につけることが多いフレイアだが、鮮やかな色がこんなに似合うとは。

……たしかに美しい。

だが、この見たことのないドレスは最近誂えたものなのだろう。

王太子妃として見苦しくないよう、必要最低限の格好をするようにと服飾品は自由に作らせていたが、判断を誤ったようだ。

テルルの王太子妃として国民に寄り添うと言ったその口で、高価なドレスを注文したのだろうか。

テルル国民の税金で。

セレンが黙って腕を差し出すと、フレイアも黙って手を添えた。

二人とも、食事の席に着くまで無言だった。

「まぁなんて綺麗なんでしょう！」

一通り挨拶を済ませた後、フレイアを見て王妃は感嘆の声を上げた。

セレンはそんな母を見て鼻白《はなじろ》んだ。

国賓であるアルゴン王太子サイラスを迎え、国王夫妻、王太子夫妻がテーブルを囲んでいる。

王太子夫妻が不仲なことは、国王夫妻だって知っているだろう。

セレンは時々父から『王太子妃と仲良くするように』『お前は国同士の縁組の意味をわかっていない』と説教されている。

でもそんなことは言われなくても理解している。

だから、気に染まぬ女と結婚したし、その女と離縁するまで他の女を孕《はら》ませたりすることがないよう気をつけているのだから。

「貴女は鮮やかな色が似合うわね、フレイア。若いのだから、これからもそんな風に明るい色のドレスを着るといいわ」

アルゴン王太子がいるせいか、王妃はいつも以上にフレイアを褒めている。

会う機会はあまりないが、フレイアにとって義母である王妃は息子セレンとは比べ物にならないくらい親しみやすい。

「このドレスは兄が贈ってくれたものなんです」

フレイアは恥ずかしそうにそう告げた。

「そう、さすがお兄様ね。妹さんに似合うものをよくご存知だわ。フレイアは本当に綺麗だもの、飾りがいがあるでしょう」

そう言って王妃がサイラスに向かって微笑むと、彼は待ってましたとばかりに大きく頷いた。

「フレイアはそれはそれは可愛くて、生まれた時から天使のような愛らしさだったんです。とにかく何を着せても似合うし、何をやらせても上手だし、賢いし、強いし、とにかく自慢の妹だったんです。成長してからだってご覧の通りの美しさでしょう？　昨今では我が国にもミス・アルゴンなどともてはやされている女性がおりますが、フレイアの前ではどんな美女だって霞んでしまいますよ。今回はその愛おしいフレイアの誕生日プレゼントなので、最高級の生地を使用して、アルゴン最高の服飾職人に作らせました」

サイラスの勢いに、一瞬黙る一同。

「………お兄様」

聞き飽きている兄の自分への賛辞だが、さすがに義父母の前ではいたたまれない。

フレイアは軽く兄を睨んで見せた。

サイラスはそんな妹も可愛くて仕方がないというように蕩けるような笑みを浮かべる。

「そんな可愛い妹御を引き離すようなことになってしまって心苦しいな」

国王が苦笑いすると、サイラスは「いいえ」と言って王太子セレンを見つめた。

「愛する妹を大切にしていただき、テルル王国には感謝しております」

なんなんだ……

セレンは目の前の光景にまたまた唖然とした。

アルゴン王太子は腹違いの妹を疎んじているとばかり思っていたのに、目の前で繰り広げられているこの喜劇はなんなのだ。

テルル王太子セレンが婚約者であるフレイアを探るためアルゴンに密偵を放ったのは、正式に婚約が整った直後だった。

当時のセレンには、公爵令嬢サーシャという二歳年上の恋人がいた。

従姉弟のサーシャは、美しく、気位の高い少女だった。

セレンはそんなサーシャに夢中になり、いつしか妃に望むようになった。

幼い頃より隣国アルゴンの王女と婚約を交わしてはいたが、所詮《しょせん》は口約束のようなもの、どうにでもできると思っていたのだ。

だがセレンの願いも虚しく、彼が成長するにつれ縁談は具体性を帯びてきた。

長兄は母親の身分から臣下に下され、弟たちはまだ幼い。

アルゴンの王女と縁組するなら王太子セレンしかいないと。

『少し待ってほしい』そうセレンはサーシャに願った。

時間をかけてアルゴンとの縁談を回避する道を探るか、さもなくばサーシャを側妃に迎える術《すべ》もある。

だがサーシャは『待てない』し、『王妃になれないなら』と、さっさと結婚してしまった。

しかも、当てつけがましくセレンの兄と。

臣下とはいえ、兄はテルル貴族の筆頭にある。

王妃にはなれないが、公爵夫人ならそれ相応の贅沢はできるだろう。

サーシャが欲しかったのはセレンの妻という立場より、王妃の位であり、それ相応の身分だったのだ。セレンは失恋の痛みを味わうと共に、女性のずるさと強かさを学んだ。

そういう目で周りを見渡せば、自分に寄ってくる人間などみなそんな連中ばかり。

社交の場に顔を出せば、側妃や公式寵姫《ちょうき》の座を狙って擦り寄ってくる女たちや、娘を紹介しようとする貴族たち。

運良くお手つきになって娘が王子でも産めば、父親は外戚《がいせき》として王国での権力がぐんと上がるからだ。

元よりもう誰にも気を許す気はないが、セレンとて男である。サーシャと別れてからは、先を望まぬ、口の堅い年上の未亡人などと付き合っていた。

高位貴族の未亡人はたいがい金と暇と体を持て余している。若く美しい王太子との遊びを楽しみはするが、プライドが高いため、側妃や公式寵姫《ちょうき》にしてほしいなどと馬鹿なことを言い出したりはしない。

先を見ないで、ただ、今を楽しむ。

セレンにとっても都合のいい相手だったのである。

（さて、ならば我が婚約者殿はどんな女だろうか）

セレンは隣国に密偵を放ち、フレイアの人となりを探らせることにした。

それがそもそもの間違いだと気づかずに。

十年以上前からセレンの元にも、毎年アルゴンより王女フレイアの肖像画が届いていた。

たしかに絵の中の王女は可愛らしく利発そうではあるが、肖像画が本人より良く描いてあるのは当然だ。

何より、ここ数年サーシャに夢中だったセレンはこれまでフレイアに全く興味がなかった。

今はそれよりもフレイアが王太子サイラスと腹違いの妹であることが気になっていた。

聞けば、第一王女と王太子サイラスは他国の王女が産んだ子で、フレイアとその弟を産んだのは臣下の娘だと言う。

もちろん王が側妃を持つのは普通のことだし、実際セレンの父の後宮にも側妃や公式寵姫《ちょうき》が数多《あまた》いる。

しかし何故、次期国王である王太子の婚約者が嫡出の第一王女ではなく、庶出の第二王女でなくてはならないのか。

テルルの第二王子であるセレンが第一王子である兄を差し置いて王太子になったのは、兄の母が側妃で、セレンの母が正妃だからだ。そのくらい、正妃というのは重んじられる。それをわざわざ妾腹《しょうふく》の娘をあてがわれるとは、テルルも馬鹿にされたものだとセレンは思っていた。

その後、密偵の報告で、王女は見た目は美しく国民にも人気があるが、中身は我儘《わがまま》で傲慢な女だと知った。テルル王太子セレンとの縁談は、王妃になりたいがために、姉ではなく自分が受けると言い張ったと。

密偵の話を鵜呑《うの》みにせずもっと調べればよかったのだろうが、サーシャという王妃の座狙いだった女に振られてからというもの、セレンの中で『所詮《しょせん》女なんてそんなもの』という意識が植え付けられていたのだ。

我儘《わがまま》で傲慢な妾腹《しょうふく》の女が、王妃になりたくてのこのこやってくる。

セレンには、そんな風にしか思えなかった。

だが、それは誤りだったのか……？

思えば、宰相も侍従長も口々にフレイアを褒めていた。

最近では慰問に回るフレイアの様子を伝えてきては、素晴らしいと絶賛しているほどだ。それも彼女を斜めからしか見られないセレンにとっては、『良い妃』を演じる猿芝居にしか思えなかったが。

「その首飾りもサイラス殿下が？　美しいわ……」

母の声に、セレンは意識を戻した。

見れば、フレイアは自分の胸元に触れながら、「いえ、これは……」と口に出すのを躊躇うような仕草を見せた。

頬を染め、恥ずかしそうに俯く。

なんだ、あの顔は……

わけもわからず、セレンは苛立ちを感じていた。


狩りの当日、セレンはサイラス一行を誘って狩りに出かけた。

狩りの予定に合わせたような青空の中、フレイアは女騎士姿で登場した。

馬に跨《また》がるその姿もまた凛々しく、彼女が姿をあらわした時には参加していた貴族や騎士たちから歓声が上がった。

多くの者が高価な銃を持つ中、フレイアが手にしていたのは弓矢だった。

「馬を操りながら、弓を引くのか……？」

「心配いりません。フレイア様は弓矢の名手なのです」

セレンの問いに答えたのは、サイラスについてきたアルゴンの騎士の一人である。彼もまた弓矢を携え、眩しそうにフレイアを見つめて「お転婆姫が……」と微笑んでいる。

その騎士の顔を見て、セレンはサイラス一行がテルルの王宮に到着した時、フレイアが驚いて見つめていた騎士だと思い出した。

王女と騎士という間柄以上の、何かがあるのだろうか。

「女性が馬を操るだけでも大変なのに、その上弓を引くなど……怪我でもしたらどうするのだ……」

そう呟いて、セレンは我に返った。

どうでもいいではないか、あんな女のこと。

狩りが始まると、皆思い思いに広い狩場に散っていく。

獲物を見つけた王族や貴族がそれを追い始めると、騎士の何人かが援護のためついていくのだ。

セレンとフレイアは馬を並べてその様子を見守っていたが、突然フレイアの馬が駆け出した。

どうやら獲物を見つけたらしい。

セレンも後に続こうとしたが、先に飛び出したのは先程の騎士だった。

獲物に向かって飛び出したフレイアは、自分を颯爽と追い越した騎士がハロルドだと気づいた。

「フレイア！　回れ！」

獲物を挟み撃ちにすべく、息の合った二人が、馬に乗って駆けていく。

「フレイア！　放て！」

言うが早いか、フレイアの弓から矢が一直線に放たれ、狙った獲物を貫いた。

「ハル！　やったわ！」

「お見事！」

駆け寄ったハロルドにフレイアは片手を上げて応える。

「すごいぞフレイア！　大物だ！」

獲物は大きな猪だった。先に馬を下りたハロルドがフレイアに両手を差し出した。

フレイアは自然な動きでその胸に飛び込み、ハロルドに抱かれるような形で馬を下りた。

（なんだ、あれは……）

フレイアの狩りの腕前はたしかに大したものだったが、セレンは親しげな二人を見て鼻白《はなじろ》んだ。

「すごいでしょう、フレイアは」

いつの間にか隣に立っていたサイラスがセレンに話しかける。

「フレイアという名は本来、愛と美の女神の名なんです。でも今のフレイアはまるで狩猟の女神のようだ。強くて賢くて優しくて……、本当に自慢の妹なんです」

「母親が違うと聞いていますが……、仲が良いのですね」

青空の下での気安さからか、セレンはサイラスにたずねていた。

サイラスはフレイアを見つめたまま頷いた。

「私は生みの母を覚えていないのです。しかし、フレイアを産んだ今の王妃は、私に実の息子のような愛情を注いでくれた。仲が悪くなるわけがないでしょう？」

セレンは息を呑んでサイラスを見つめる。

自分は一体どこから間違えていたのだろうか。

「……そんな大事な王女を、どうして私の妃にくれたのですか？　自国の貴族にやるなど、いくらでも身近に置くことはできたでしょう」

「二つ、理由があります。一つ目は、先代からの約定があったから、そして二つ目は、フレイア自身が貴方に嫁ぐことを望んだからです」

「私に……？」

「セレン殿がおっしゃる通り、私は可愛い妹のためならどんな手を使ってもこの縁談を破談にしたでしょう。けれど、フレイアはこうと決めたら梃子《てこ》でも動かない頑固者でね」

「何故……」

「さぁ？　それを私の口から聞くのはおかしな話でしょう」

サイラスの目はまだ妹を見つめたまま。その瞳には愛情が溢れている。

「フレイアは国民からの人気も絶大だ。父はよくフレイアが男でなかったことを嘆いていましたよ」

「国民にも……、ですか」

「あの子はアルゴンにいる時、しょっちゅう城下におりて市井《しせい》の人たちと触れ合っていましたから。フレイアがテルルに嫁ぐ時は、みなフレイアを取られるようだと嘆いていました。万が一にもフレイアが蔑《ないがし》ろにされるようなことがあれば、国民は怒り狂うでしょうね。……もっとも、その筆頭は私ですが」

振り返ったサイラスの笑顔を見て、セレンは背中に冷たい汗が流れるのを感じた。

彼は、気づいている。愛する妹が今、決して幸福ではないことを。

「さぁ、私たちもフレイアに負けないよう獲物を探しましょう」

サイラスはそう言って手綱を引くと、馬を駆って森の中へ走っていった。


四日間テルルに滞在したアルゴン王太子サイラスは、次の日自国に帰っていった。

帰る時も、サイラスの妹への溺愛ぶりは凄まじかった。

最後の食事の後も別れを惜しんで抱擁し、王宮のエントランスでまた長い抱擁をし、馬車に乗る直前まで妹と手を繋ぎ、乗る前にまた抱擁をすると、フレイアの両頬にキスをした。

そしてこっそり、いつでも帰っておいでと耳元で囁いた。

妹は少々呆れながらそれに笑って応えた。

兄が馬車から首を出して手を伸ばすと、フレイアはその手を握りしめ、「またすぐ会えますよ、お兄様」と微笑んだ。

セレンが約束通りに別れてくれれば、あと二年の辛抱なのだから。

「――お前が言っていたのは本当だったんだな」

サイラスの馬車を見送りながら、セレンがぽつりと呟いた。

「……何がですか？」

「この後いいか？」

セレンはそのままフレイアを自分の執務室に連れていった。フレイアの後ろからは筆頭護衛騎士のジュリアンと、本日から彼女の護衛騎士についたハロルドが従っている。

サイラスがハロルドを、フレイアの護衛騎士の一人にと置いていったのだ。

もちろん突っぱねることも考えたが、セレンはそうしなかった。

昨日の会話から、サイラスがフレイアを溺愛していることも、また、セレンとフレイアの夫婦仲に疑問を持っていることも察せられた。

今までフレイアを蔑《ないがし》ろにしてきた負い目を持つセレンには、サイラスの提案を拒むことができなかったのである。

執務室のテーブルに、セレンとフレイアは向かい合って座った。

騎士と侍女たちは部屋の外で待機している。

夫婦だというのにこうして二人きりで向かい合うなど、あの『白い結婚』の契約書を交わした時以来ではないだろうか。そう思うと、フレイアはなんだかおかしくなってきた。

「……何か、おかしかったか？」

向かいに座るセレンがたずねてきた。

（ああ、いけない。私が笑ったら、きっとまた殿下は不機嫌になってしまう）

「いえ、何も」

フレイアは俯くと顔を引き締め、笑みを消した。

顔を上げると、セレンはその蒼い瞳でフレイアを見つめていた。その目にはいつものような不快な色はなく、ただ、無表情にフレイアを見ているだけだ。

フレイアは不思議に思って、セレンを見つめ返した。

「いくつか、たずねたいことがある」

いつも喧嘩腰だったから、こんな風に向かい合って穏やかに話すセレンは初めて見る。こうして見るとやっぱりセレンはとびきり美形な貴公子様だ。もっとも、あの頃のように恋い焦がれる気持ちは今となっては皆無だが。

「たずねたいこととは？」

なかなか話を進めないセレンに、フレイアの方が焦れた。

「そうだな。まず一つ目は、サイラス殿が置いていった護衛騎士のことだ。あの騎士は、お前を『フレイア』と呼んでいた。一介の騎士が王女を呼び捨てにするなどあり得ない。あいつは何者だ？」

そう聞いてきたセレンにフレイアは目を逸らすことなく、「あの者は、私の幼馴染です」と答えた。

ハロルドの件は想定の範囲内の質問だったから、用意していた回答通り話せばいい。

「幼馴染？」

セレンが訝《いぶか》しげに眉を上げる。

「幼馴染であり、兄の学友なのです。小さい頃から兄にくっついてばかりいた私は、ハロルドにもよく遊んでもらいました」

嘘は言っていない。淀みなく答えると、セレンはそれ以上追及することなく頷いた。

「では二つ目の質問だ。お前の母は正妃だそうだな。何故私が勘違いしているとわかっていて正そうとしなかった？」

この質問には、フレイアは眉を上げてセレンを睨んだ。最初からフレイアが妾腹《しょうふく》の娘だと決めてかかっていたのは他でもないセレンなのだから。

「私は最初にそう申し上げました。でも殿下は全く聞く耳を持ってくださらなかった。それに……」

フレイアはさらに眦《まなじり》を吊り上げた。

「嫡子でも庶子でも、私が私であることに変わりはありません。たとえ母が側妃だったとしても、私は私であって、その価値は変わらないのです」

セレンは微かに唇を噛んで、何か考えこむような仕草をした。

「……では、三つ目の質問だ。今回の訪問で、サイラス殿がいかにお前を大事に思っているかよくわかった。お前が助けを求めればすぐに飛んできただろう。なのにお前は、何故、今まで自分がテルルで受けてきた仕打ちについて彼に話さなかった？　今回の訪問の折にも訴えることはできただろう」

セレンは自分自身、矛盾に気がついているような、苦しげな顔をしていた。

「私はテルルの国民が好きです。皆私を受け入れ、優しくしてくれました」

フレイアは静かにそう答えた。夫である王太子に冷たく見放されても、王太子妃としての務めを果たし、国民と触れ合ってきた自負がある。

「私は自分の国、アルゴンを、そしてテルルを愛しています。その愛する二国の仲が悪くなるのは嫌です。この政略結婚が瞬く間に崩れれば、両国間の友好関係も崩れるでしょう。私一人のために、国民を混乱させるわけにはまいりません。私はテルルの王太子妃であり、アルゴンの王女なのですから」

フレイアの澄んだ琥珀色の瞳を、セレンは心打たれたように見つめていた。

「何故お前はテルルに嫁いできた？　サイラス殿の様子では、いくらでも拒むことはできたはずだ」

たしかに幼い頃に交わされた約束とはいえ、今のテルルとアルゴンは政略結婚が必要なほど緊迫した関係ではない。

きちんと婚約を取り交わす前なら断ることはできたはずだし、他の方法もあっただろう。

フレイアは穏やかに、しかし無表情に、言葉を紡いだ。

「貴方に恋をしていたから」

「……恋?」

「幼かった私は、貴方の絵姿と、隣国から伝え聞く貴方の話に恋をしていたの。貴方に会える日を、貴方に嫁ぐ日を、指折り数えていたわ。打算も計算もなく、ただ貴方のお嫁さんになりたかったの。お伽話《とぎばなし》のお姫様のように、白馬に乗った王子様が迎えに来てくれると思ってたのよ。セレン王子という私だけの王子様がね」

フレイアが自嘲気味に笑うと、セレンはまるで初めて胸に痛みを覚えたような顔をした。

そして、呆然と自身を見つめるセレンに、フレイアはまた無表情に言い放った。

「安心してください、王太子殿下。そんな恋心はもう微塵もありませんから。今の私は離婚の日が待ち遠しくて仕方がないのです」

セレンは大きく目を見開き、愕然とした表情を浮かべていた。

◇　◇　◇

「本当に大丈夫なの？　ハル」

フレイアは隣に立っているハロルドを見上げてたずねた。

今、フレイアは、護衛騎士たちの稽古を見学中だ。筆頭護衛騎士のジュリアンが騎士たち一人一人に剣の稽古をつけている真っ最中で、先程から剣を交わす金属音と威勢のいい掛け声が飛び交っている。

本当はフレイアも参加したいのだが、今日は真剣を使っての稽古だから参加させてもらえない。

無理に参加しようとしたら、「万が一お怪我をさせたら私たちの首が飛びます。相手をする騎士たちのこともお考えください」とジュリアンにものすごく叱られた。まぁ、当然の叱責だ。

ハロルドは自分の順番が回ってくるのをわくわくしながら待っているようで、フレイアはそんな幼馴染の横顔を見てため息をついた。

「心配するなよフレイア。故郷でも真剣の稽古はやってたし、俺はその辺の騎士よりよっぽど腕が立つぞ？」

そんな風にハロルドは笑うけれど、そういう心配をしているんじゃないんだけどな……とフレイアはもう一度深いため息をついた。

アルゴンの王太子でフレイアの兄であるサイラスは、帰国する時何故かハロルドを置いていった。

妹を溺愛するサイラスはなかなか勘がいいから、妹夫婦の仲が冷え切っていることくらいお見通しだったのだろう。

何か事が起きた時、セレン王太子はフレイアを切り捨てると判断したのかもしれない。だから妹が心配で、自分の信頼する騎士をそばに置くことにしたのだろう。

でも……、それが、何故ハロルドなのだろう。

だってハロルドはれっきとしたタンタルの王子様だ。いくら奔放で自由のきく第五王子だからって、この状況はおかしいだろう。

「大丈夫。俺は今アルゴンに遊学中ってことになってるから、俺がいなくたって誰も気にしないよ」

そう言ってハロルドはさらに笑うけれど、フレイアは呆れ顔だ。

「そんな複雑な顔するなよフレイア。可愛い顔が台無しだぞ？」

他の騎士たちに聞こえないような小声で言うと、ハロルドはこっそりウィンクした。

そう。この幼馴染は、昔から恐ろしいほど自由で能天気だった。

護衛をつけずにふらりとアルゴンの王宮に遊びに来ることはしばしば。突然行方不明になった王子を捜してタンタルから使者が来たこともあった。アルゴン王宮で大人しくしていればまだいいが、自由なハロルドは悪友サイラスと共に庶民のふりをして遊びに出かけていることも。

彼のお付きの者たちからしたら本当に傍迷惑《はためいわく》な王子様だ。

「ヴァンを飛ばしてるから、俺が息災なのは兄上には伝わっているんだ」

「ヴァンね……」

ハロルドの身近にはいつも、彼が『ヴァン』と呼ぶ鳥がいる。

ヴァンはハロルドが小さな頃から飼っている鷹の一種で、フレイアも昔から知っているし、ヴァンも彼女によく懐いている。

「でも……お付きの人がいたはずでしょう？　その人たちはどうしたの？」

「ん？　全部国に帰したぞ。いらないって」

「いらないって……。そんなこと通るわけないでしょ？　貴方は正真正銘タンタルの……っ！」

ハロルドの手で口を塞がれ、フレイアはそれ以上言葉を発せなかった。

「それ以上言うな、フレイア。誰が聞いているかわからないからな。それに、俺が言い出したら聞かない性格なのは父上も兄上もわかってるし、何よりタンタルはサイラスを信用してる」

たしかにサイラスとハロルドは他国の王子同士でありながら実の兄弟のように仲が良く、信頼し合っている。

でも、もしテルルの王宮の皆にハロルドの正体が知れてしまえば……

そんなフレイアの心配をよそに、ハロルドはジュリアンや他の騎士たちともすぐに打ち解けて、すっかり隊に馴染んでいる。

「次！　ハロルド！」

他の騎士との手合わせを終えたジュリアンに声をかけられ、ハロルドは剣を手に「おう！」と応じた。

本来なら他国から来た騎士などに心を許すことはないだろうが、ハロルドの剣の腕、何より、その屈託のない性格に、テルルの騎士たちも気を緩めたのだろう。

生き生きと剣を振るうハロルドを見ながら、フレイアは呆れたように小さく笑った。

本当はちょっぴり……いや、かなり心強いのだ。

底抜けに明るい幼馴染のハルがそばにいてくれるだなんて。

◇◇◇

フレイアがテルルに嫁いでから、あっという間に一年が過ぎた。

時々王太子妃の義務としてセレンのそばに立つ機会はあるが、それ以外は快適な日々を送っている。

兄の来訪以来セレンが何も言わなくなったため、今のフレイアは慈善活動に勤《いそ》しむ傍ら、趣味に、勉強にと忙しく毎日を過ごしていた。

機織りや染色、薔薇茶作り、料理と女性らしいことをしていたかと思うと、剣や弓矢、馬術の稽古に汗を流す。庭園の外れに菜園を作って野菜作りを始め、時々食卓にあげるなどということもしばしば。最近では空いた時間に王宮の図書室に通うようになった。

以前は他国から嫁いだ妃を警戒していたセレンにより、機密文書のある図書室に入ることを禁じられていたが、今は一部を除いて自由に出入りする許可を得ている。

一部とはセレンや首脳部しか入れないテルルの根幹に関わるような重要な機密書類がある部屋で、もちろんフレイアはそんな場所に興味はないし近寄らない。下手に国家機密に関わってしまったら離婚なんてできなくなってしまうし、一生テルルから出してもらえなくなる可能性だってある。離婚後、自由に生きたいフレイアにすれば、そんなのは本末転倒な話だ。

フレイアの好みは、ごく一般的な歴史や天文学、語学などの書物で、時には宰相や各大臣を招いて講義を受けることもあった。

元々アルゴン王家は男女の区別なく学問が盛んで、フレイア自身学問が好きだ。父であるアルゴン王はフレイアが王子であればサイラスの良い片腕になったであろうと嘆いたものである。

たしかに、他国の妃になる運命を背負ったかつてのフレイアならどんなに学問が好きで優秀であろうと、趣味の域を出なかっただろう。

けれど、今のフレイアはいずれ離婚してアルゴンに帰る身。その時は父や兄、そしてアルゴンの民のために尽くしたいと思う。だからフレイアは今のうちに、自分が吸収できることはできるだけ吸収したいのだ。

あれからも、王太子セレンとの仲はあまり変わっていない。強いて言えば、刺すような視線で見られることがなくなったくらいだろうか。公務で顔を合わせても、特に会話もなく淡々と務めをこなしている。

辟易するのは時々晩餐会やら舞踏会に引っ張り出されること。立場上仕方がないが、ファーストダンスは必ずセレンと踊らなくてはならない。

本当は一回だって踊りたくないし、できればセレンには最初から他の令嬢たちと踊ってほしいと思うが、さすがにファーストダンスは王太子夫妻が踊らないと始まらない。

その後はセレンとのダンスが終わるのを見計らったように申し込んでくる紳士たちに笑顔で応え、数人と踊った後一段高い貴賓席に戻る。セレンもフレイアの後には頬を染めて王太子を見つめる令嬢たちと踊っていた。

フレイアへの誤解が解けた後も、セレンからの謝罪の言葉はとうとう聞かれない。

結局そういうことなのだ。

（もう、彼に期待する気持ちなんて一欠片もない）

貼り付けたような笑みをたたえて令嬢たちと踊る王太子を、フレイアはなんの感情もなく見つめていた。

第二章　それぞれの想い

テルルの王都アッザムの城下町は、いつも活気に満ち溢れている。ちょっとした祭りが開かれている今日ともなればなおさらだ。

この数十年、戦争もなく平和な町は、政治の中心であると共に経済の中心地にもなっていて、石畳の路地は行き交う異国の商人たちで賑わっている。

「ほら、フレイア」

ハロルドに屋台で買ったクレープを渡され、フレイアは躊躇いながら右手を出した。

左手には先程渡されたばかりの牛串焼きも持っているからだ。

今朝、剣術の稽古に行こうとしたフレイアは非番だったハロルドに呼び止められ、城下町に連れ出された。

そういうわけで、王宮でのフレイアは体調が悪く、一日ベッドの上にいることになっている。

最初ハロルドに誘われた時、フレイアは彼の真意を探ろうとした。ハロルドは大事な幼馴染だけれど、他国の王子でもある。

テルルの何かを探ろうとしているなら、王太子妃として見過ごすわけにはいかない。もしもハロルドがテルルの国益を損なうようなら毅然《きぜん》とした態度をとらなくてはならない。

ヴァンを使ってタンタルにテルルの情報を流すことだって、ハロルドには可能なのだろうから。

ところがハロルドは、警戒するフレイアをよそに、俺は君とデートしたいだけだと笑い飛ばした。

それを聞いたフレイアはきょとんとハロルドを見上げた。

（……デートですって？）

それこそ意味がわからない。だってフレイアは、人妻なのだから。

訝《いぶか》しむフレイアを気にもせず、ハロルドは彼女に庶民の格好をさせ、町に連れ出した。

アルゴンからついてきた侍女のメアリやソラリスは、当然ハロルドがタンタル王子だと知っているが、彼女たちはいつだってフレイアの味方だ。

だから、ハロルドから『フレイアに息抜きを』と言われると嬉々として彼女の変装に手を貸した。

慰問などで城外に出ることこそ許されているが、それはあくまでも王太子妃として。軟禁状態で窮屈な思いをしているフレイアを見ているのはメアリたちにとっても辛いことだった。

だから……、今フレイアのベッドの中には丸めた布団が入っている。そうして変装した今日のフレイアは、町の女の子が着るようなワンピースに、フード付きの外套《がいとう》を羽織っている。

フレイアの髪の色は目立つため、王太子妃を知っている人間が見れば正体が露見してしまう可能性があるからだ。

「あら……、美味しい」

クレープを一口食べて口元を綻ばせたフレイアを見て、ハロルドは得意気に笑った。

そしておもむろにフレイアの手首を取ると、「俺にも一口」とクレープにかぶりついた。

自分の食べかけに躊躇なくかぶりつくハロルドに面食らって、フレイアは目を丸くした。

文句を言ってやろうと思ったのに、「美味いな！」と満面の笑みで振り返る彼を見たら、怒る気をなくしてしまう。

「もう……、ハルってば」

苦笑するフレイアを尻目に、ハロルドは牛串焼きも一口頬張ると、楽しそうに笑いかけた。

自由に町を見回ったりなどしたことがないフレイアは、最初こそハロルドの誘いに驚きはしたものの、すぐに王都中に溢れかえる珍しいものの数々を楽しむようになった。

あちこちで買い食いしながら、露店を見たり、町の人々とおしゃべりしたり。

こうして二人連れ立って町に出てみれば、ごく一般的な庶民の格好をしたハロルドとフレイアは賑わう町人たちに紛れ、いかにも仲の良いカップルにしか見えないだろう。

「お、次はあれやってみようぜ」

ハロルドが指差したのは的当てだ。矢を放って見事的に当てたら景品が貰えるらしい。

「駄目よハル。私が得意だって知ってるでしょう？」

「だからやるんだろ？」

「そんなの、ズルしてるみたいだわ」

店の前で揉めていると、店主が笑って話しかけてきた。

「お嬢ちゃんがど真ん中に当てたら、うちで一番大きなぬいぐるみをあげるよ。今日はまだ一等が出ていないからね」

別にぬいぐるみが欲しいわけではないが、けしかけられれば熱くなってしまうのがフレイアだ。

「いいわ。後悔しないでね、おじさん」

フレイアは弓を構え、キリリと矢をつがえた。

ヒュンッと風を切って、矢が一直線に飛んでいく。

そして、当然のようにど真ん中を撃ち抜いた。

見物人からも拍手が起こり、フレイアは自慢げに右手を上げた。

「参ったな」と頭をかきながら店主がくれたのは猪のぬいぐるみだった。

つぶらな瞳に可愛らしい牙で、なんとも愛嬌のある猪ではあるが、フレイアは複雑そうに苦笑いした。この前の狩りで仕留めた猪を思い出したのだ。

「お嬢ちゃん、寄っていかないかい?」

次に声をかけてきたのは、水晶玉を前に道端に座っている、いかにも怪しい老婆だった。

「お?　占いか?」

食いついたハロルドはさも面白そうに身を乗り出した。

「俺たちの未来でも見てもらおうか?」

「ちょっと、ハル」

フレイアが袖を引くが、ハロルドはそんなフレイアの肩を抱き寄せると、老婆の前に座ってしまった。

「彼女と俺の未来を見てくれよ」

悪趣味だな……、とフレイアは思う。これではまるで、恋人同士や夫婦みたいではないか。

老婆は二人を見比べるように目をやると呟いた。

「そうだね……、良くも悪くも、二人でいると嵐に巻き込まれる」

「なんだそれ。ずいぶんざっくりした占いだな？　俺たちは結婚できるのか？　それとも別れるのか？」

「ちょっと、ハル……！」

「……恋人同士でもないのに、せっかちな質問だな」

老婆が呆れたように笑う。

「お見通しってやつか」

恋人同士ではないと見破られ、ハロルドは興醒めしたように立ち上がった。コインをパラパラと老婆の前に置き、フレイアの手を引っ張る。

「もういいのか？　あんたたち二人は……」

「やめておこう。未来は俺たち自身が決める」

「……ハル？」

ハロルドはフレイアの手を握ったまま歩き出した。

「ハル！　そろそろ帰らないと……」

だいぶ日も傾いてきたし、いつまでも仮病で通すわけにもいかない。

ハロルドは何も言わず、雑貨の並ぶ露店の前で足を止めた
そして振り返ると、繋いでいる手をそっと掲げた。

「そういえばフレイア、指輪はしてないんだな」

ハロルドは、フレイアの指をじっと見つめまた黙りこんだ。

その指には本来あるべき指輪がない。

結婚式の際に指輪の交換はしたが、初夜に捨て置かれて以来、指輪は外してしまっていた。

ハロルドは指から視線を離すと、何も答えないフレイアの目を見つめた。そして微笑むと、彼女の手を引いて露店の前に立った。

「今日の記念に買ってやる。選べよ」

そこは飾り物の露店のようで、指輪や髪飾りが並んでいる。

「……可愛い」

思わずフレイアは呟いた。いつも本物の宝石を身につけている王族のフレイアにしてみれば安物と言ってもいい品かもしれないが、色とりどりの、様々な意匠の飾り物は見ているだけで楽しい。

「でも、ハルからは貰ってばかりだし。この前も誕生日のお祝いだって、高価なものを……」

「あれは誕生日プレゼントだろ？　これは今日の記念。それとも庶民の安物なんて欲しくないか？」

「まさか！　そんなこと」

そもそもフレイアは、高いから安いからとか、貴族だから庶民だからで品物を見たりしない。

「じゃあ俺が選んでやる。さすがに指輪はまずいから……、これなんかどうだ？」

ハロルドが手にしたのは真鍮《しんちゅう》でできた髪飾りで、綺麗に細工が施され、表面は黒いベルベットで覆われている。

「ほー、お兄さんお目が高いね。それは最近人気の細工師が作った一点ものだよ」

店主が自慢げにそう言った。

「じゃあ、これを。きっと君の綺麗な髪の色に映えるよ、フレイア」

ハロルドはにっこり微笑んで、フードで髪を隠しているフレイアの手にそれを手渡した。

「……ありがとう」

ハロルドはこうして、窮屈な王宮生活を送るフレイアを少しでも楽しませようとしてくれているのだろう。幼い頃からフレイアを弟分のように従わせたり連れ回したりしたハロルドだけれど、一方で、兄同様いつも心配して、可愛がってもくれていた。

（お土産は猪のぬいぐるみに露店で買った髪飾り。なんだかハルらしい……）

フレイアは貰った髪飾りを胸に抱えると、もう一度微笑んでハロルドを見上げた。

ハロルドはそんなフレイアの顔を見て、恥ずかしそうにそっぽを向いた。

その耳は、薄っすらと赤く染まっていた。

◇　◇　◇

「妃が臥《ふ》せっているだと？」

侍従長の報告を受け、セレンは眉を上げた。

（あの妃が、病……？）

とても体が弱いようには見えない。

剣の腕は騎士顔負けだし、この前の狩りでは、弓矢の腕も相当なものだと知った。

セレンの前では辛気臭い顔ばかりしているが、護衛騎士や侍女たちと一緒にいるところを見かけるといつも元気で笑っているというのに。

侍従長に「お見舞いを？」と聞かれ、乾いた笑いが出る。

フレイアとて、セレンに見舞われれば余計に調子が悪くなるだろう。

「いらぬ。宰相を呼べ」

侍従長にそう告げると、セレンは執務室に向かった。

父である国王が二ヶ月前に体調を崩したため、今のテルルの実権はほぼセレンが握っている。

元々テルル国王は政務にはあまり関心がなく、宰相や大臣に裁量を持たせていたため、不在でも支障がなかった。

けれど、セレンは違う。

実権を握ってからというもの、税制改革や武力の強化など、どんどん新しい政策を自ら打ち出していた。

ただ、急な変化は保守的な者たちに不満をもたらすもの。

特産の絹織物産業を独占的に扱っていた商会を解体したり、国境の砦を新たに築くために徴兵をしたり税を増やしたりと、新しいことをしようとするたび、次期国王には凡庸なアキテーク公をという声が増えていく。

仕事を終え自室に戻ろうとしたセレンは、ふと思い立って後宮に足を運んだ。

後宮にはセレンと妃フレイアの自室があり扉一枚で繋がっているが、結婚してからというもの、セレンはずっと執務棟の部屋で寝泊まりしている。そのため、フレイアの隣室に泊まったことはなく、間の扉が使われたことも当然ない。

セレンは後宮内の自室に戻ると、妃の寝室へと繋がる扉を見つめた。近づいてドアノブを回してみると、当然のように向こうから鍵がかけられている。

セレンは廊下を回り、妃の部屋の前に立った。扉の前に控えていた護衛騎士のジュリアンが敬礼したが、その顔には明らかに困惑の色が浮かんでいた。

それはそうだろう。

結婚して一年、王太子セレンがフレイア妃の部屋を訪ねたのはこれが初めてなのだから。

「妃の具合が悪いと聞いたが」

そうたずねると、ジュリアンは少し表情を緩めた。

「本日は休養されるとのことで、私どももお妃様のお顔を拝見しておりません。お疲れがたまっておられたのでしょう」

「そうか」

「お取りつぎ致しますか？」

「いや、いい」

セレンはそれだけ聞くと、踵《きびす》を返した。

王太子妃としての仕事に、自分の趣味にと、あれだけ精力的に動いていれば疲れも出るであろう。

だが、一年も放っておいた妃を今さら見舞ってどうしようというのか。

セレンは深くため息をつくと、足早にその場を去った。それから執務室へ戻ると、机の上に広げられた一枚の紙に目をやった。側妃候補のリストだ。

王太子が正妃を迎えてから一年。一日も早い世継ぎをという民衆の声をよそに、正妃に懐妊の兆しは全くない。そのため高位貴族たちから側妃の選定をとの奏上があったという。

側妃の話自体は成婚前から上がっていたが、隣国の王女を正妃に迎えるには差し障りがあると、今までは宰相が抑えてきた。

だが一年が過ぎ、また「側妃を」との声が強まっているらしい。

純粋に世継ぎを望む民衆と違い、貴族たちの望みは自分の血を王家に入れて力を持つこと。

つまり、娘を国王の側妃にし、息子を産ませ、その息子を次期王太子に祭り上げること。

それに国王が体調を崩している今、早々にセレンに譲位する可能性も考えられる。

そうなれば次の王太子はセレンの兄弟の中から立てようという動きが予想される。無用な争いを避けるためにも、やはりセレン直系の王子は必要なのだ。

そうして上がってきたのが前述のリストである。

不自由な自分の身を思い、セレンは憂鬱になった。

側妃にさえ、ただ気に入った女を迎えるわけにはいかないのだ。

けれど、成婚前のセレンはそれを普通のことと思っていた。

王家を継ぐ立場上、自分の血を継いでいく子を持つことは当然の義務で、側妃を持つこともまたしかりだ。有力な貴族を後ろ盾に持つことは何かと役に立つ。

成婚前も、社交の場で貴族から令嬢を紹介されたり、その令嬢たちから意味ありげな視線や微笑を向けられてはきた。

王太子のお手つきになり、上手くいって王子を産めばと、そんな下心が透けて見える。

そんな下心の餌食になりたくなくて、成婚前に付き合っていたのは結局後腐れのない未亡人などばかりだった。

『お世継ぎのことだけではありません。殿下にも癒しは必要でしょう』

リストを持ってきた宰相はそうも言っていた。

（癒しか……）

たしかに、成婚を機に外聞を気にして未亡人たちとの関係は全て清算していたが、彼女たちとの間にも癒しや恋などというものは介在していなかった。お互い都合のいい関係だっただけだ。

だいたい、セレンはサーシャの一件以来『恋』などという不確かなものは信じていない。サーシャとの間の『恋』は幻だったし、未亡人たちとの間にも『恋』なんて介在していなかった。

『貴方に恋をしていたからよ』

ふと、フレイアの言葉が頭に浮かぶ。

皮肉なものだ。蔑んでいたはずの女の台詞が、今は一番純粋な言葉に思えるのだから。

◇◇◇

その頃、フレイアとハロルドはまだ町の中にいた。

「ハル、もう一番星が出てきちゃったよ」

そう話しかけても、ハロルドはフレイアの手を握ったまま、王宮とは反対方向に歩き続けていた。

空は藍色に染まり、店の灯りがぽつぽつともり、昼とはまた違った様相を見せ始めたが、ハロルドはやはり黙ってフレイアの手を繋いだまま。

兄のように慣れ親しんだハロルドの手は大きくて温かくて安心できる。

買い食いをしたり、露店で雑貨を買ってもらったり、今日は本当に楽しい一日だった。

「帰りたくないな……」

帰ったらまた、あの堅苦しい生活が待っている。

滅多に会わないが、あの、仏頂面の夫も……

「帰りたくない？」

フレイアがこぼした呟きをハロルドの耳が拾った。足を止めて、フレイアを振り返る。

「ごめん、弱気なこと」

フレイアは決まり悪そうに小さく笑った。

「言ってみただけ……、この国は好きよ。ただ、ずっと自分の居場所はここじゃないいって思いながら暮らしてたからかな、口に出ちゃった。ごめん、ハルにこんなこと」

「いい。俺の前では無理するな」

護衛騎士として、いつもフレイアのそばにいるハロルドなのだから、夫婦仲が上手くいっていないことくらいとっくにお見通しだろう。

「なら……、俺と逃げるか？　フレイア」

フレイアは呆けたように口をポカンと開けた。

逃げる？　タンタル王子であるハルと？

ハロルドは絶句するフレイアの両手を自分の両手で包み込んだ。

「逃げようフレイア。俺が君を連れて逃げてやる。俺がずっと守ってやるから」

真剣なハロルドの目を見て、フレイアはなんと答えていいのかわからない。

そんなフレイアの手首を引き寄せ、ハロルドは彼女を自分の腕に閉じ込めた。

「ハル……」

ハロルドに抱きしめられるような形になり、フレイアは驚き、固まった。

「もういい、君は十分頑張ってる。でも君にはあんな窮屈な暮らしは似合わないよ。俺の故郷のタンタルなら、あてがあるんだ。タンタルの市井《しせい》の人々に交じって、庶民として暮らそう。贅沢はさせてやれないけど、俺が絶対幸せにするから」

フレイアの頬を涙の雫が伝った。

本当は、ずっと我慢していた。

フレイアは仲の良い家族に囲まれて成長したから、夫婦というものは愛し合い寄り添い合い、温かい家庭を築いていくものだと思っている。

しかし十年以上憧れ続けた夫からは冷たくされ、夢見ていた家族の形など望むべくもない。

だって夫には忘れられない恋人がいた。それに、フレイアとの成婚前に数多《あまた》のご婦人たちと浮名を流していたことも、当然耳に入っている。

慈善活動に積極的なフレイアは、先日も孤児院の慰問や恵まれない人へ防寒具を作って差し入れる活動を行ったばかりだった。それに賛同した貴族の婦人たちも参加してくれているが、その中で漏れ聞く話は決して耳に優しいものばかりではない。

セレンと関係のあった未亡人から意地悪を言われることもあれば、親切ごかしに噂を教えてくれる人もいる。それにいちいち傷つくことはなくなったが、決していい気分ではない。

でも……

「無理よ、ハル。私はアルゴンの王女であり、テルルの王太子妃。逃げるなんてできないわ」

フレイアはそっとハロルドの胸を押した。

逃げれば、アルゴンとテルルの関係にヒビが入る。大好きな兄にも迷惑をかけてしまう。

「フレイア……」

いつも明るいハロルドが、唇を噛み、切なそうな表情でフレイアを見下ろしている。

「あの冷たい王太子の元に戻るのか？」

「セレン殿下は腹違いの兄弟や媚を売る貴族たちに囲まれているの。だから人を簡単には信用できない人なのよ。可哀想な人だわ」

一年もいれば王宮内の噂だって色々と耳に入ってくる。

兄との確執、恋人との別れ、王太子派と兄派に分かれていがみ合う貴族たち、側妃の座を狙って擦り寄る令嬢たち。セレンが人間不信になるのもわかる気もする。

しかしハロルドは一刀両断した。

「それは王族に生まれた者の宿命だよ、フレイア。俺だってそうだ。でも、周りを変えるのも、自分を変えるのも、自分の意識次第だ。結局はアイツが甘えているだけだろ」

たしかに、ハロルドは王太子候補にも名前があがらない第五王子だ。いずれは王族の籍を外れて臣下に下されるのだろう。しかも、セレンと同じように腹違いの兄弟たちが複数いる。

でもハロルドはそんな自分を受け入れ、こんなにも優しく温かい。

ハロルドがこうして自由人を装っているのは、いたずらに後継争いに巻き込まれないための処世術なのかもしれない。

「フレイアだってそうだよ。あんな傲慢な夫に嫁いで、健気に王太子妃としての務めを果たしてる。自分の国でもないのにどうしてそんなに献身的に働いてるんだよ」

フレイアは寂しそうに笑うと、僅かに首を傾げた。

「承認欲求……、かな」

「承認欲求？」

「もしかしたら、民の皆のためというより自分のためなのかも。だって縁あってこの国に来たんだから、その縁を無駄にしたくないじゃない。自分自身来てよかったと思いたいし、皆にも思われたいわ。王族だからこそできることがあるなら、私たちはそれを生かして民のためになることをするべきでしょう？」

「王族だからこそか……。フレイアと話してると俺も身につまされるな」

ハロルドはバツが悪そうに小さく笑った。

「……でも、やっぱりもったいないな。フレイアはあのポンコツにはもったいない」

「ポンコツって……」

思わずフレイアから笑みがこぼれ、ハロルドはそれを眩しそうに見つめた。

「うん、やっぱりもったいない。だから俺の手を取れよ、フレイア」

また話をぶり返すハロルドに、フレイアは呆れたように彼を見上げた。

「わかってる？　ハル。私は人妻なのよ？」

「わかってるよ、フレイア。俺は今さら君とどうにかなりたいだなんて、そんな大それたことを思っちゃいない。ただ、一番近くで、君を守りたいんだ。それにサイラスも全部わかってる。俺を護衛騎士に残した時から、フレイアのためだけに動けと言われてるからね」

「そう、お兄様が……」

フレイアは小さく笑った。ハロルドが自分を実の妹のように想ってくれているのは知っている。サイラスとは実の兄弟たちより信頼し合っているということも。

だから今だって、一国の王子であることを隠し、サイラスの代わりにフレイアを見守ってくれているのだろう。

「でもやっぱりハルにはついていけないわ。どうしたって私はテルル王太子の妃なんだもの」

たとえ兄サイラスがフレイアの幸せを一番に願っていてくれたとしても、逃げるわけにはいかない。王宮にはソラリスたちが待っているし、兄やアルゴンの国民に迷惑はかけたくない。

それに、ハロルドには話していないが、セレンとフレイアには三年で離婚するという約定もある。

あと二年経てば、自由になれるのだ。

「私は大丈夫よハル。さぁ、帰りましょう。メアリやソラリスが待ってるわ！」

フレイアはハロルドの手を引っ張った。

ハロルドはそれでもまだ何か言いたげだったが、やがて諦めたように歩き出した。

現実的に考えれば逃げるなんてあり得ない話だけど、夢のような話をしてくれるハロルドの気持ちは嬉しかった。

夢見ていた結婚生活に破れても、こうして自分を大事に思ってくれる人たちがいるのだ。

祭りの喧騒《けんそう》を離れると、町はすっかり夜の闇に包まれた。

ハロルドの漆黒の髪はまるで夜空に溶け込んでしまいそうだと、フレイアは思った。

◇◇◇

翌日、セレンは騎士に交じって剣の稽古に参加する妃の姿を目にした。

どうやら体調は戻ったらしい。

元気に剣を振るうフレイアを眺め、セレンは一つ、ため息をついた。

宰相が持ってきた側妃の奏上以外にも、憂鬱になる話があったからだ。

侍従長の話によるとフレイアが中心になっている慈善活動の参加者に、かつてセレンが関係を持った未亡人がいるらしい。

そんなこともあるだろうとは思っていたが、今までは全く気にもならなかった。

しかしこの一年余り見てきて、フレイアが王太子妃としての務めを立派に果たしているのは明らかだ。国民も皆、将来の王妃としての彼女を期待を込めた、尊敬の眼差しで見ている。

もうセレンにもわかっている。

自分が妃に迎えた王女は類稀なる、得難い宝だと。

今さら彼女を手放すのは、国益を損うに等しいと。

かつて彼女は、まだ見ぬ自分を想い、喜んで嫁いできたと言っていた。

ならば、今までの自分を反省し、心から謝罪し、関係を修復すれば良いのだろうか。

そう思ってみても、あの時の妃の、感情を持たない目が気持ちに水を差す。

『安心してください、王太子殿下。そんな恋心はもう微塵もありませんから。今の私は離婚の日が待ち遠しくて仕方がないのです』

彼女ははっきりそう言った。あの日のことを思い出すと、今でも胸に鋭い痛みが走る。

離婚を言い渡すのはセレンからのはずであった。

それなのに今や自分の方が、宣告を受けて執行を待つ罪人のようだ。

あの真っ直ぐな少女は、夫が関係を持った女に会ってどう思っただろうか。

きっともう、嫉妬の念さえ起きないのだろう。

ふいに、あの幼馴染だという護衛騎士の顔が頭に浮かんだ。

(我が妃は、あの男にはなんとも柔らかな笑顔を向ける)

セレンは自嘲気味に薄く笑い、やがて目を閉じた。

◇　◇　◇

数日後、夫婦の晩餐の日がやってきた。

この冷え切った晩餐の席は、こうして時折設けられている。

交わす言葉もなくただ料理を口に運ぶという、フレイアにとっては拷問のような晩餐だ。

目にも美しく美味しい料理なのに、まるで砂を噛んでいるようにしか感じられない。

そしてこの日、その拷問のような時間にさらに追い打ちをかけたのはセレンだった。

セレンはどうしてもフレイアに問いただしたいことがあったらしい。

「コバルト伯ハロルドとは何者だ？　調べたところ、アルゴンにそんな貴族はいないようだが？」

射抜くような瞳を向けられ、フレイアは一瞬息を呑んだ。だが、ハロルドの正体を知られるわけにはいかない。

タンタルの王子が騎士のフリをしてテルルに入り込んでいるなどと露見すれば、言い訳のしようもない。絶対に隠し通すしかないのだ。

フレイアは冷静を装い、答えた。

「ハロルドはハロルド。私の幼馴染のコバルト伯です」

凛としてセレンの目を見つめ、逸らさない。

「調べさせたのだ。間違いない。コバルト伯爵などという貴族は存在さえしない。あれは誰だ」

「誰に調べさせたのか存じませんが、その者が間違った情報を持ち帰ったのでしょう」

「私の密偵を愚弄するのか？」

「我が祖国アルゴンへ密偵を放ったとお認めになるのですね。けれどその密偵自体、嘘の情報を握らされているとはお考えにならないのですか？　殿下は成婚前の私に関しても誤った情報を信じていらっしゃいました。今回も嘘の報告を鵜呑《うの》みにされるのですか？」

「何？」

痛いところをつかれ、セレンは眉を吊り上げた。

だから、と言ってしまってはお粗末だが、また彼は言い方を間違えた。

「庇《かば》うところを見ると、あの男はお前の情人か？　わざわざアルゴンから呼び寄せたのか？」

「情人ですって？」

フレイアはおかしくてならない。

だって情人がいるのはセレンの方じゃないか。

馬鹿にするように蔑んだ笑みを浮かべるフレイアを見て、さらにセレンの頭に血が上る。

「不義密通の罪であの男を斬ることもできるんだぞ」

「不義密通ですか……」

フレイアは目を細めて夫を見た。自分たちは夫婦でさえないのに、不義とは聞いて呆れる。

フレイアを不義だと罵ることができるほど、自分は清廉潔白だとでも言うつもりだろうか。

「ハロルドは兄サイラスが目をかけている者。それを斬るなどすれば兄が黙ってはいないでしょう。アルゴンと戦になるお覚悟があるならどうぞ、と申し上げておきます。ただ……、あの者を斬るなら、その前にどうぞ私をお斬りください」

「そこまであの男を庇《かば》うか。やはりあの男は情人なのだな」

フレイアは静かに息を吐くと、セレンを見上げた。

「貴方はどこまでも私を蔑むのですね。私はずっと貴方に恋をしていたと申し上げたはずです。私の初恋は貴方なのです。貴方に嫁ぐまで、他の男の方など目に入ってさえおりませんでした。その私に情人などいるはずがないではありませんか。私の十年間を否定するほど、貴方は私がお嫌いですか」

フレイアの目は情に訴える目ではなかった。

これは、怒りと蔑みの目だ。

ハッと目を見開き、セレンはフレイアを見つめた。

「第一、私に情人がいようがいまいが殿下には関わりのないこと。私たちは普通の夫婦ではないのですから」

静かに口を拭うと、フレイアは席を立ち、微笑んだ。

「殿下こそ、早く側妃をお迎えください。それとも、私の次の正妃を選んだ方が早いでしょうか？　次はテルル国内からお選びになるのでしょうか？　いずれにせよ、私には関わりのないことでございますが………、では殿下、お先に」

フレイアはセレンに背を向けると静かに晩餐の間を出ていった。

後に残されたセレンは、また自己嫌悪に陥るばかりだった。

◇　◇　◇

さらに半年が過ぎた。

その間フレイアの慰問は順調で、貴族の婦人たちや市民からも賛同者があらわれ、慈善団体が設立された。

金銭を施すだけでなく定期的に訪問し、孤児院では孤児たちに勉強を教えたり一緒に遊んだり、養老院では老人に寄り添ってその話に耳を傾ける王太子妃の姿が見られた。

またフレイアは、父親や夫、恋人たちから虐げられている弱い女性を匿う駆け込み寺のような施設を設立した。教会や商人、職人たちとも連携し、読み書きを教えたり手に職をつけさせたりして、女性たちが社会に戻る手伝いをした。

それはフレイア独自の施策というより、故郷アルゴンを手本にしたものも多い。

アルゴンは福祉の面で、テルルの先を行っていた。宰相や大臣たちもフレイアの発言に一目置き、こと福祉の件については相談することが多くなった。

セレンもそれについては何も言わない。

そして、国民のフレイアの人気もうなぎのぼり。

フレイアのデザインした絹織物が市場に出回るとたちまち話題になり、フレイアブランドなるものが登場した。フレイアの計らいで、その収益は慈善団体に流れるようになっている。

王宮内での人気も相変わらずで、フレイアの剣術や弓矢の稽古には多くの騎士たちが集まった。

今やフレイアは、テルルの王太子妃として確固たる地位を築きつつあったのだ。

ただそれとは別に、王太子夫妻の不仲説もついに囁かれ始めた。

公務には揃って顔を出すし寄り添ってはいるものの、二人の間にただようよそよそしい雰囲気は鋭い人間にはわかるもの。成婚後一年半経っても懐妊の兆しが全くないことも手伝い、不仲説と共に、側妃を選ぼうという動きが活発になってきた。

当然、フレイアの耳にもその噂は入ってくる。

「そう、側妃。いいんじゃないかしら」

フレイアはさも興味がなさそうに侍女たちに告げた。

それで王子でも生まれれば、セレンは三年を待たずにフレイアを解放してくれるかもしれない。

この半年、二人の晩餐は月に一、二回の頻度で続けられている。

相変わらず会話もないつまらない晩餐である。

好き嫌いが全くないというフレイアはおよそ王太子妃とは思えぬ潔さで食事を口にする。きっともうセレンの前で繕う気も皆無なのだろう。

相変わらず厨房にも出入りしているようで、最後のデザートが出てくると脇に控えていた料理長が、妃殿下のお作りになったプディングですと紹介した。

手を止めたセレンに、フレイアは「毒など仕込んでいませんわ」と冷ややかに顔を上げた。

食卓にフレイアの手作りの品が並ぶたび、彼女はよくそんなことを言う。

セレンとしてはもうそんなことは疑っていないが、フレイアの軽口をたしなめる気にもならなかった。

全ては、自分の蒔いた種だ。

それを、修正するも回収するも自分次第だとわかってはいるが、自尊心だけは高いセレンは方法を知らない。ただ、黙って妃の作った美味いデザートを口に運んだ。

今日のフレイアは地味でシンプルな紺色のワンピースを着ている。

今日の……、というより、彼女はセレンとの食事の時、まるで、着飾る意味などない

なかった
というような地味な服装ばかりを身につけている。

さすがに社交や外交の場では着飾っているが、……あれほど似合うドレスはなかったなとセレンは思い出していた。

兄サイラスが贈ったという深紅色のドレス。光の加減によって赤髪にも金髪にも見える美しいストロベリーブロンドの長い髪。キラキラ耀《ひか》る琥珀色の瞳に、ふっくらとして、薄桃色に染まる唇。滑らかな白磁の肌には、本当に赤いドレスがよく似合っていた。

そう、王太子妃は美しい。国民が熱狂するだけある。

本来なら全て、自分のものになるはずだった。

成婚当初は、本気で数年の間に追い出すつもりでいたが、フレイアの人となりを知った今では、そんな気持ちはとうに薄れている。

(まだ、一年半ある……)

約束の三年までまだ時間はあるのだ。

そんなことを考えていると、殿下、とフレイアが呼ぶ声が聞こえた。

セレンが顔を上げると、フレイアがこちらを見つめていた。

「……なんだ？」

改めたいとは思っても、彼女に返事をする時はいつも仏頂面になってしまう。

その琥珀色の瞳に見つめられると、説明のつかない居心地の悪さに襲われる。

王太子としてのセレンは有能で切れ者だ。古い慣習にとらわれずどんどん新しい政策を打ち出し、国民の支持も厚い。頭の固い連中とぶつかることも多々あるが、それらも上手く抑え、リーダーシップを発揮している。

でも、それでも。

柔軟な発想を持ち、自分より人気がある王太子妃に少々屈折した思いはあるのかもしれない。

しかも、自分の思い込みだけで今の冷えた関係を築いてしまったのだからなおさらバツが悪いのだ。

「最近また側妃を選ぶお話が出ているそうですね」

フレイアが穏やかに微笑んだ。

『また』と言ったのは、側妃の話が時々浮かんでは消えてを繰り返しているからだ。

セレンはピクリと眉を上げた。耳に入っているだろうとは思っていたが、フレイア自身からこの話に触れられるとは思っていなかった。

「よろしければ、私も側妃選びに加わりましょうか？」

ありえない提案に、セレンはさらに目を見開く。

「……お前が、側妃選びに加わるだと？」

どんどん険しい顔になっていくセレンに、フレイアは静かに笑った。

「誤解なさらないでください、殿下。本当に私が選ぶわけではありません。側妃は殿下のお好みでお好きなように選ばれればよろしいでしょう。ただ、正妃である私の推薦があれば、側妃になられる方も肩身の狭い思いをしなくて済むのでは？　と思っただけです。私たちの間に跡継ぎが生まれる可能性はないのですから、側妃を持たれるのは一日も早い方がよろしいでしょう？」

「推薦……？」

「ええ。あと一年半とはいえ、王宮内で正妃対側妃の対立があるように思われるのは嫌ですから。私は平和に暮らしたいのです」

「一年半？」

「ええ、離婚のお約束まで残り一年半ですわ、殿下」

フレイアはにっこり微笑んだ。

それはまるで邪気など一切ないような清々しい笑顔。

離婚を本当に心待ちにしていると言わんばかりの笑顔だ。

「……お前は、それでいいのか？」

「いいも何も、跡継ぎは必要でしょう？　殿下は次期国王なのですから」

フレイアが不思議そうに首を傾げる。

「本気で離婚したいのか？」

「……今さら何をおっしゃっているのかわかりません。離婚前提の結婚とおっしゃったのは殿下の方ではありませんか。だいたい、私たちは、夫婦ですらないでしょう？」

正直、セレンは面食らっていた。契約は交わしたが、今やすっかりテルルに溶け込んでいるフレイア自身が、まさかこの期に及んで離婚を望んでいるとは思っていなかった。

「離婚をしたら、お前がテルルの王太子妃としてしてきた事業は全て無駄になる」

「無駄にはなりませんわ。今や、たくさんの方たちが私の事業に協力してくれています。だから、私が去っても引き継いでくれる方たちがいますし、滞りなどないでしょう。私はまた新たな地で新たな夢を見つければいい。とにかく私は、早く自由になりたいのです」

「しかし……、たった三年で追い出された王女を、アルゴンはすぐに受け入れるのか？」

何を馬鹿なことを……と思いながらも、セレンの口からそんな台詞が漏れていた。

アルゴン側がどう思おうと、最初に離婚すると言ったのは自分だ。

案の定フレイアは薄く笑い、蔑むようにセレンを見た。

「言ったはずです。私は家族に愛されていたと。兄など、かえって喜びますわ」

セレンは呆けたようにフレイアを見つめた。

夫婦仲はともかく、フレイアはテルルでの生活を生き生きと楽しんでいるように見えた。

それに、どこかでまだ引っかかっていたのかもしれない。

彼女が自分に『恋していた』と告げたことを。

漠然と、歩み寄れる機会が訪れるかもしれないとどこかで思っていたのだろう。

けれど、甘かった。彼女の心に、自分は欠片ほども残っていない。

フレイアは前を向いて歩いているのだ。

セレンは目を閉じ、息を吐いた。そして、乱暴に立ち上がった。

「側妃などと、どこまでも差し出がましいことを。お前は黙って王太子妃の務めを果たせばいい」

吐き捨てるようにそう言うと、踵《きびす》を返し、晩餐の間を出ていった。

フレイアはため息をつき、そんな夫の後ろ姿を見送った。

◇◇◇

「ほら、綺麗だろ？」

今日、フレイアはハロルドに連れられて花見に来ている。

あれからも何度か『お忍びデート』なるものに誘われているが、軟禁に近い状態にある王太子妃がそうそう外に出られるわけがない。

おつかいに行く王宮勤めの侍女を装い、警備の目をかいくぐり……、とにかく至難の業なのだ。

加えてジュリアンたち護衛騎士まで騙さなくてはならないのは心が痛い。前回だって、仮病と知らなかった騎士や侍女たちにとても心配をかけてしまったのだから。

そういうわけで、フレイアがハロルドの誘いに応じたのは前回の外出以来、今日が初めてだった。

「よかったな、上手く抜け出せて」

笑うハロルドは相変わらず能天気だ。

人々が賑わう中、ハロルドに手を引かれて歩いているのは満開の桜の下である。

川のほとりの遊歩道沿いに植えられた桜は今を盛りと咲きほこり、フレイアはその美しさに見惚れ、また、懐かしさを感じていた。

この桜は元々フレイアの故郷アルゴンの固有種だった。

数十年前、友好の名のもとにアルゴンからテルルに桜の苗が贈られ、王都の外れにあるこの川のほとりに植えられたと言う。

そして数十年経った今、ここは桜の名所になり、テルルの民の目を楽しませている。

それを知ったハロルドは、見頃を迎えている桜を見に行こうとフレイアを連れ出したのだった。

フレイアに馴染みのある花を見せたいと思ってくれたのだろう。

抜け出したことには気が咎《とが》めるが、やはり王宮の外の解放感は形容し難いほど魅力的で、フレイアは大きく深呼吸した。

今日のフレイアも襟のついた膝丈のワンピースに、フード付きのポンチョを羽織っている。

(せっかくハルに貰った髪留めしてきたのにな……)

フードの中は髪が一筋たりとも見えないように纏めてあるが、前回の外出でハロルドに記念だと買ってもらった髪留めをつけてきたのだ。

「よし、この辺でいいか」

ハロルドは大きな桜の木の下に布を広げ、フレイアに座るよう促した。

「ほら、フレイア」

ハロルドは道々買っていた豚の腸詰めを焼きたてのパンに挟んだものや、果実を搾った飲み物をフレイアの前に広げると、満面の笑みを浮かべた。

「これが花見ってやつだ」

見れば、あちこちで同じように布の上に座る人たちの大小の塊がある。

陽気に歌っている人、踊っている人、どの人も盛り上がっていて、とても楽しそうだ。

「どうせなら、仲間に入れてもらいましょうよ」

フレイアは元々市井《しせい》の人たちと触れ合うのが好きだ。

せっかく庶民の格好で出てきたのだから、まるきり庶民に交じってみたい。

けれどそれを聞いたハロルドはたちまち不機嫌そうに唇を尖らせた。

「王宮の中でも、慰問の外出でも、フレイアはいつも皆の王太子妃様だろ？　でも今日は俺とのデートなんだから、少しくらい俺に独り占めさせてくれよ」

思えば、こうして二人きりになるのは前回の外出以来。

その間ハロルドは離れずに、けれど近づきすぎもせず、フレイアを見守ってくれている。

何かと窮屈な宮廷生活で、今や、ハロルドはフレイアにとって大きな存在だ。

フレイアは素直に頷くと、目の前の料理に手を伸ばした。

「タンタルにも、アルゴンから贈られた桜並木があるよ。今度フレイアを連れていきたいな」

桜を見上げ、ハロルドが言った。

「タンタルでは王都にある公園に桜の苗を植えて、皆の憩いの場になってるんだ。王宮からも見えて、それはそれは綺麗なんだよ」

「そう。見てみたいわね」

タンタルに行くのは難しいだろうが、来年の桜はどこで見るのだろう。フレイアは感慨深く桜を見上げた。側妃が決まって、運良くすぐに懐妊すれば、一年以内の離婚も夢ではない。

そうしたら、来年はアルゴンで……

「冗談だと思ってんだろ」

「……何が？」

「俺はいつかフレイアをタンタルに連れていくよ」

ハロルドの真剣な目とぶつかって、フレイアは思わず視線を逸らした。

ハロルドはとうに王太子夫婦が冷え切った関係だとわかっている。

だから前回の『デート』の時だって、「一緒に逃げよう」とまで言ってくれたのだ。

最近では、側妃を迎える話まで出てきたのだから、ハロルドが余計に心配しているのは当然だろう。

「まだ俺と逃げる気にならない？」

ハロルドの黒い瞳に見つめられ、フレイアは自分の頬が熱を持つのを感じた。

一国の王子であるハロルドと一国の王太子妃であるフレイアが手に手を取って逃げるなど、現実的にあり得ない。

でもハロルドの目はいつだって本気で言っているようにしか見えないのだ。

その時、少し離れた場所から子供の泣き叫ぶような声と、騒めきが聞こえてきた。

「なんだ？」

ハロルドが素早く立って、フレイアの手を引いた。

「行ってみよう」

護衛騎士であるハロルドはいかなる時でもフレイアを一人にはしない。

二人で連れ立って騒ぎの中心まで来てみると、子供たちが数人、大きな木の下に立っていた。

どうやら度胸試しに木に登って、下りてこられなくなった子供がいるようだ。

見上げれば、五歳くらいの男の子が細い木の枝に座った状態で、木の幹にしがみついている。

ハロルドは木登りが得意だけれど、彼の体重では枝が折れてしまうかもしれない。

「私が行くわ。私なら軽いもの」

フレイアが言うのを聞いて、ハロルドは頭を抱えた。

「頼むからやめてくれ。君はどこまで王太子妃の自覚がないんだ……」

「だってこのままじゃあの子、落ちちゃうわ」

「俺が行く」

ハロルドは意を決したように頷くと、両手を広げ、木の上で泣き叫んでいる子供に向かって声をかけた。

「聞こえるか坊主！　ここに向かって下りてこい！　絶対受け止めてやる！」

驚いた子供は首を大きく横に振る。

フレイアもハロルドを止めようとした。いくら子供だって、落ちてくる人間を受け止めるのは至難の業だ。

けれどハロルドは手を大きく広げたまま微笑んだ。

「大丈夫だ！　絶対助けてやる！　俺を信じて飛び込んでこい！」

その姿に、フレイアは息を呑んだ。彼女の頭の片隅を何かが掠める。

（私は、この場面を知っている）

恐る恐る枝から手を放した子供はやがて思いきったようにハロルドに向かって飛び込んだ。

ハロルドは膝を踏ん張り、その体を受け止めた。衝撃で尻餅はついたが、子供はハロルドの腕にしっかりと抱きとめられていた。

その瞬間、集まっていた人々から大きな歓声が上がった。

「ハル！」

フレイアは駆け寄って、子供ごとハロルドを抱きしめる。

泣きじゃくる子供を抱えたまま、ハロルドは目を丸くした。

その後、子供は駆けつけてきた親に抱かれ、何度もハロルドにお礼を言って帰っていった。

「怪我はないの？　ハル」

フレイアに聞かれ、ハロルドはなんでもないように笑った。

「鍛えてるからな。あのくらい、朝飯前だ」

「……あれは、ハルだったのね」

突然のフレイアの言葉に、ハロルドはきょとんと目を丸くした。

「あの時……、こうして私を助けてくれたのもハルだったんでしょ？」

フレイアは小さい頃、木から落ちたことがあった。

あの時受け止めて助けてくれたのは、今の今まで兄サイラスだと思っていた。

でも、違った。

今はっきり思い出した。

あの声も、あの姿も。あれは、ハロルドだった。

幼い頃のフレイアはとにかくお転婆で、いつも兄とハロルドにくっついて遊んでいた。

そんなフレイアを、ハロルドはサイラスと同じくらい面倒を見てくれた。

そして三歳の時、その事件は起きた。

兄たちの目を盗んで木に登ったフレイアが下りられなくなってしまったのだ。

恐怖に泣き叫ぶフレイアに、あの時、誰かが木の下から叫んだ。

『俺を信じて飛び下りろ』と。

涙で滲んだ目と自分の泣き声が邪魔をして、誰が叫んでいるのかも曖昧なまま、フレイアはその人めがけて飛び込んだ。

だから、フレイアは木から飛び下りた自分を受け止めてくれたのは、大好きな兄サイラスだと思い込んでいたのだ。

事件の後、フレイアはしばらく寝込んでいたし、その間にハロルドは自国に帰ってしまっていた。

なんと言っても、フレイアはまだ三歳だったのだ。記憶が混濁したり他の出来事と混同したりしても仕方がないだろう。

おそらく両親もサイラスもハロルドに助けてもらったと教えてくれたのだろうが、フレイアは全く覚えていなかった。

「ハルは昔から私を守ってくれていたのね」

「そんな格好いいもんじゃないさ」

言われた方のハロルドは気恥ずかしそうに眉尻を下げた。

「ハルはいつも私を助けてくれる。今もこうして一緒にいてくれる。本当のお兄様みたいに、私を守ってくれる」

思えば、昔からいつもそうだった。従兄といっても血が繋がっていないのに、ハロルドはフレイアを本当の妹のように可愛がってくれた。

記憶の糸を手繰り寄せて満足そうに微笑むフレイアの手に、ハロルドがそっと触れる。

「ハル？」

フレイアが見上げると、ハロルドはいつになく切ない目で彼女を見下ろした。

「……兄貴じゃないよ」

「ハル？　それってどういう……？」

「兄貴なんかじゃない。フレイアを、妹みたいに思ったことなんて一度もない」

フレイアは呆然とハロルドの顔を見上げた。

「本当に鈍いんだな、フレイアは」

ハロルドはそのままフレイアの手を取ると、その指先に唇を寄せた。

「俺にとって、フレイアは妹なんかじゃない。大事な女の子なんだ」

フレイアは微笑むハロルドを見て固まった。

キスされた指先が熱を持っている。

「……大事な女の子？」

「そう。フレイアはずっと前から俺の大事な人だ」

ハロルドはフレイアの指を口元から離さない。

「ハル……」

たしかにハロルドはずっとフレイアを大事にしてくれていた。でも、それは、妹のように……

「小さい頃は本気で君をお嫁さんに貰うつもりでいたからな」

唇を離し悪戯っぽい目で笑うハロルドに、フレイアは目を丸くした。

「お嫁さん？　ハルの？」

「ああ。けど、成長するにつれて自分の立場を思い知らされたよ。フレイアは将来、一国の王妃になる運命を背負った王女。対する俺は、ゆくゆくは臣下になるか養子に出される運命の第五王子」

「そんな……」

「絶望したよ。フレイアは俺なんかが望んでいい相手じゃないってわかった時は。しかもフレイアは、昔からセレン王子に夢中だった」

「それは……」

たしかにそうだった。

フレイアは幼い頃からセレンの絵姿に恋をして、彼の妃になることを夢見ていた。

「俺は、君が幸せならそれでいい。だから幸せな君を確認したくて、一目見て諦めたくて、サイラスに頼み込んで護衛騎士になったんだ」

フレイアは驚きのあまり言葉を失った。

だってハロルドは、フレイアを妹のようにしか見ていないと今まで思い込んでいた。

「……君が幸せなら納得してタンタルに帰るつもりだった。でも、幸せじゃないなら話は違う」

そう告げるなり、ハロルドはフレイアの手首を掴んで自分の方へ引いた。

考える間もなく、気がつけばフレイアはハロルドの腕の中にいた。

「もう一度言うよ、フレイア。俺と一緒に逃げよう。俺には何もないけど、いつも君と一緒にいて、ずっとそばで守るから」

包み込むように抱きしめられ、フレイアは一瞬固まった。

ここから逃げる?

ハルと一緒に……?

そんなこと、望んでいいの?

でも……

フレイアは静かにハロルドを押し返した。ハロルドの気持ちは嬉しいけれど、彼の気持ちに応えるわけにはいかない。

ハロルドの手を取ることは、彼の優しさにつけこんで何もかもから逃げることだ。

ハロルドはそんなフレイアを切なげに見つめた。

「……そうだよな。十年以上も一途に想ってた相手とやっと結婚できたんだ。俺なんかが何言ったってなびくわけないんだよな」

自嘲気味に笑って目を伏せたハロルドを見て、フレイアの胸の奥が軋《きし》んだ。

ずっと、兄のように思ってきた。異性として見たことはなかったはずだった。

今の今まで、彼もそうだろうと思い込んできたのに。

戸惑うフレイアを見て、ハロルドはバツが悪そうに眉根を寄せた。

「そんな顔するなよ、フレイア。君を困らせたいわけじゃないんだ。……でも、忘れないで。俺はいつだって君の幸せを願ってる」

「うん……ありがとう、ハル」

胸の痛みは隠して、フレイアは微笑んだ。

たしかに自分は妻として夫に愛されなかった。そういう意味ではお飾りの妃だ。

でも私は逃げない。

テルルを出ていく時は逃げるんじゃなく、堂々と出ていくのだから。

◇　◇　◇

一方の王宮では、またしてもフレイアが臥《ふ》せっていると報告を受けたセレンが、侍医を遣わせようとして断られていた。

「お妃様の侍女が申しますには、お妃様は寝ていれば治ると仰せになられたとのことで……」

「……そうか」

「慈善事業に、産業の発展にと、お妃様は毎日精力的に動かれています。少し、お疲れなのでしょう」

「……ああ」

話を聞いているのかいないのか、セレンは生返事ばかりしている。

侍従長は深くため息をついた。

「お見舞いには行かれないのですか？」

「…………ああ」

どうせ嫌な思いをさせるだけだし、見舞いも拒まれるかもしれない。拒まれれば腹も立つし、無用な争いは避けたい。

「花を……」

セレンの言葉に、侍従長が顔を上げた。

「花を、妃の部屋へ」

それを聞いて、ようやく侍従長はほっとしたように微笑んだ。

侍従長に花を手配するよう指示を出し、セレンは自室を出て執務室に向かった。

フレイアに側妃を推薦すると言われた日から、二人はまともに顔を合わせていない。

今となってはセレンとしても決してこの冷たい関係を良しとしてはいないが、自分自身どうするべきか腹を決めかねていた。

結局は逃げているのだろう。

正直、王太子としてやること、覚えることは山積みで、後宮のことなどに煩わされたくない気持ちもある。体調を崩している国王は回復の兆しもなく、そろそろセレンに即位をという声もあるからだ。

一方で、相変わらずアキテーク公クリスを推す声も僅かに聞こえてくる。

兄を推す貴族たちの大半は、彼の方が扱いやすいという野心を持つ者たちだろう。

弟であるセレンの目から見ても、クリスは考えが浅く軽薄、凡庸な人間だ。

王位を得たところでお飾りの国王に祭り上げられて国を衰退させるのが関の山だろう。

だからセレンは、そんな兄に王位を譲る気は毛頭ない。

第一王子ながら側妃の子というだけで王太子になれなかったことは気の毒に思うが、それをもったいないと思えるような資質さえないのだから。

廊下を歩いていると、その元凶である兄が向こうから歩いてきた。

「これは殿下。相変わらずお忙しそうですね」

弟ながら王太子であるセレンに、兄は優雅に礼の姿勢を示した。

その貴公子然とした容貌はセレンによく似ているが、栗色の髪は国王の側妃である母親譲りだ。

「兄上は父上のお見舞いですか？」

普段クリスは王宮の外の邸宅で暮らしているため、公式行事でもなければ顔を合わせることは滅多にない。

「ええ、私は明日からしばらく自領の方に戻るため、父上にご挨拶に伺ったのです。その後で殿下の元へもご挨拶に伺う予定だったのでお会いできて本当によかった」

そう言うとクリスは薄い笑いを浮かべた。

兄弟ではあるが、二人に兄弟らしい思い出などほとんどない。物心ついた頃から、正妃の子であるセレンと側妃の子であるクリスの間にはずっと見えない壁があった。

片や未来の国王である弟、片や臣下になる宿命を負った兄。兄のクリスにはさぞかし屈折した思いがあるだろうが、それは弟のセレンにとっても同じだった。

政略結婚で父の正妃になった母と違い、クリスの母は父の愛妾だったのだ。どうしたって、父の愛情が自分よりも兄にあると思うのは、傾った見方ではないだろう。

「サーシャは王都に残していきますので、お遊びになるならどうぞ」

そう言ったクリスの唇が意地悪そうに歪められ、セレンは眉をひそめた。

しかし、こんな兄の軽口にはとうの昔に慣れている。

「そうですか。しかし私は仕事が忙しく、今は遊ぶ暇もありません。兄上もどうぞ道中お気をつけて」

軽く会釈してその場を去ろうとしたが、クリスから「そういえば、お妃様のご機嫌はいかがですか？」とたずねられ、仕方なく足を止めた。

「お妃様はあちこちでご活躍されていると、良い評判ばかりを耳にします。しかもあのお美しさ。殿下におかれましては、素晴らしいお妃様をお迎えになり、大事にされているのでしょうね」

言っていることはフレイアへの賛辞だが、その目はまるで小馬鹿にするように細められている。

クリスの目にも、王太子夫妻の仲が冷え切っているのは明らかなのだろう。

だが次の兄の発言に、セレンは首を傾げた。

「妃殿下はアルゴンでも大変大事にされていたようですね。王太子である兄に溺愛され、国民からの人気も高く、大変賢くて愛らしい姫だったとお聞きしています」

「…………は？」

「サイラス殿下は妹を他国へ嫁にやりたくなくて婚約を潰そうとしたとか。けれど当の本人のフレイア王女は幼い頃より許婚《いいなずけ》の王子の絵姿に恋をして、その王子に嫁ぐのが夢だったとか……、実《じつ》に可愛らしいエピソードをお持ちだ」

「……何故、兄上がそのことを？」

それは、セレンさえも知らずにいた事実だ。そのためにフレイアを傷つけた。

クリスはさらに口角を上げ、意地の悪い顔で笑った。

「まだお気づきにならないのですか？　私が買収したんですよ、殿下が放った密偵を。アルゴンでのフレイア王女の情報を殿下の倍の金額で買い取って、殿下には嘘の情報を流したのです」

「何故、そんなことを！」

「ちょっとした意地悪ですよ。私は殿下のお下がりの女を妻に押し付けられたんだ。それなのに殿下だけが他国の可愛らしい王女を妃に迎えるなんて不公平でしょう？　貴方に捨てられたサーシャだって可哀想だ」

「……何故、そんな酷いことを！　フレイアにはなんの罪もないでしょう？」

「殿下だって目の前にいる妃よりも密偵の嘘の情報を信じたでしょう？　嘘を鵜呑《うの》みにして妃を遠ざけたのは他ならぬ貴方だ。夫婦仲が悪いことを私のせいにするのはやめていただきたい」

クリスはセレンを憎らしげに睨みつけ、セレンは一瞬言葉を失った。

たしかにフレイアの人となりを見れば、すぐにあれが根も葉もない嘘の情報だと知れるだろう。

それなのにセレンはまんまとクリスの計略にかかり、彼女を知ろうともせず、最初から邪険に扱った。

（私はなんと器の小さい男だったのか）

セレンは唇を噛み、握りしめた拳はわなわなと震えた。

「いいですね、王太子殿下。私はずっと……、貴方のそんな顔が見たかったんだ」

クリスは満足そうに踵《きびす》を返そうとしたが、止まってまた振り返った。

「……そういえば、妃殿下は護衛騎士の一人と親密な関係だと噂になっておりますが、殿下はご存知でしたか？　黒い髪に黒い瞳の王子など生まれれば、さぞかし厄介なことになるでしょうね」

クリスは声を立てて笑い、今度こそ踵《きびす》を返して去っていった。

セレンはただその後ろ姿を見つめ、呆然と見送った。


フレイアがハロルドとの『お忍びデート』から王宮に戻ると、部屋に桜の花が飾ってあった。

今朝はなかったはずだし、王宮の中で桜が咲いている場所はなかったように思う。

フレイアが訝《いぶか》しげに手を伸ばすと、メアリが、王太子殿下からお見舞いとのことですと言ってきた。

「殿下から？」

「故郷アルゴンの花が、少しでも妃殿下のお慰みになれば、とのことでございます」

フレイアはその花びらにそっと触れた。

「どうせ、侍従長が気を利かせたのでしょう」

「いえ。この花は王太子殿下が選ばれたそうですよ」

「そう……。病気だなんて嘘を吐いて、悪いことしたわね」

フレイアはそう呟くと静かに花を見つめた。

どういう気まぐれか知らないが、あの冷たい王太子が見舞いだと花を贈ってくれたのだ。

少々驚きはしたが、それと同時に罪悪感も頭をもたげてくる。

夫がいる身で他の男性と二人きりで出かけていたのだから。

お飾りではあっても、自分は王太子妃なのだということを、もっと肝に銘じなくてはならない。

桜の花びらに触れ、あの夫が一体どんな顔でこの花を贈れと命《めい》じたのだろう、と考える。

セレンも……、実際、悪い人間ではないのだ。

生まれついた時から将来の国王として厳しく育てられたセレン。そのために恋人と引き裂かれ、好きでもない隣国の王女と結婚させられ、しかも最愛の恋人は兄の妻になった。

自分に対する酷い仕打ちに憤りもしたが、彼だって政略結婚の犠牲者なのだ。

だからこそ、自分と離婚が成立した後は、心から愛する相手と幸せになってほしいとも思う。

次に会った時は素直にお礼を言おう。フレイアは桜を見ながらそう思った。

そして、その機会はすぐに訪れた。

それから数日後、半月に一度ほどの割りで続けられている夫婦の晩餐の日がやってきたのだ。

フレイアは席に着くなり丁寧に頭を下げた。

「先日はお花をありがとうございました」

顔を上げると、セレンにはいつもの険しさがなく、その蒼い瞳でフレイアを穏やかに見つめている。

「あの花は、数十年前にアルゴンから友好の証に我が国へ贈られたものらしい」

「ええ、そうらしいですね。私も最近知りました」

「王都の川のほとりに植えられ、人々の憩いの場になっているそうだ」

「テルルの民に大事にされているようで、嬉しく思います」

そう言って微かに微笑むと、セレンは気まずそうに目を逸らした。

「その……、臥《ふ》せっていたと聞いたが、どこか悪いのか？」

「いいえ。大事をとっただけです。もうすっかり良くなりましたのでお気遣いなく」

そうは答えながらも、フレイアは内心驚いていた。

この男がフレイアを気遣う言葉を吐いたのなんて初めてだったから。

それに、仮病を気遣われ、なんとも心苦しい。

「それからその……、よく父を見舞ってくれているそうだな。礼を言う」

フレイアは今度こそ本当に驚いて目を丸くした。

セレンから礼を言われるのも、初めてだったからだ。

たしかに国王が病に倒れてからというもの、フレイアはよく見舞いに訪れていた。

仮にも王太子の妃という立場にあるのだから、当然の行いだと思っている。

けれど以前のセレンなら、『居座りたくて国王に媚を売っているのか』などと酷い言葉を投げかけただろう。

それが、この穏やかな雰囲気はなんなのだ。

何か魂胆でもあるのかと、フレイアは訝《いぶか》しげに夫を見つめた。

そんなフレイアを見返すと、セレンは居心地が悪そうにデザートを口に運んだ。

「父上はそなたを気に入っているようだから見舞われて嬉しいだろう。これからも気にかけてほしい」

今日のデザートは柚子のシャーベットだ。

「これもそなたが作ったのか?」

「……はい」

「そうか。美味いな」

僅かにセレンの口元が綻んだのを見て、フレイアは目を見張った。

（一体なんなの？　何かの罠？）

突然雰囲気が柔らかくなったセレンに頭がついていかない。

（きっと今日は特別ね。何かいいことがあったに違いないわ）

フレイアはそう結論付けることにした。


それ以来、王太子夫妻の晩餐は週に三回に増えた。

王太子側からそういう申し入れがあったのだ。

（なるべく顔を合わせたくないだろうに。国民にまで広がった不仲説を気にしているのかしら？）

フレイアは訝《いぶか》しく思いながらも申し入れに応じた。

正直不仲な相手と向かい合って食事をしても美味しく感じないし、苦痛である。

でも、仕方がない。自分はまだセレンの妻なのだから。

以前は大きすぎるテーブルに離れて食事をとっていたが、最近では小ぶりのテーブルが用意されるようにもなった。

あまりにも遠いと会話が成り立たないと、進言でもあったのだろうか。

晩餐での二人は、これまでと変わらず笑顔もなく会話も少ない。だが、罵り合うことはなく、それなりに穏やかな時を過ごしていた。

「今日は何をしていた？」

時々セレンが思いついたように質問してくる。ぽつりぽつりと相手を探るような会話に、まるで初対面の相手と見合いでもしているようだな、とフレイアは思う。

「本日はダンスのレッスンの後《のち》、図書室へこもっておりました」

本当は剣や体術の稽古もしたが、そこまで詳しく彼に話す必要はないだろう。

「ああ、よく図書室へ出向いているようだな」

「ええ。王宮の図書室は蔵書が豊富で楽しいですから」

「そうか……、そなたは勉強好きのようだな。宰相も、そなたの博識ぶりに舌を巻いていた」

フレイアを『お前』呼ばわりしなくなったのも大きな変化だ。誤解が解け、少しは隣国の王女への敬意が払えるようになったらしい。

「……趣味はないのか？」

今さら本気で趣味を知りたいわけでもないだろうに、と思いながらも、フレイアは無難に答えた。

「特にはございませんが……、体を動かすことは好きだと思います」

「ああ……、そなたは、剣や馬術、弓矢も玄人並みだったな」

「それほどではありませんが……。鍛えることは好きですから」

ケティやメアリからはあまり筋肉をつけるなと叱られるが、筋力をつけておかないといざという時剣を振るったり馬で駆けたりできない。

およそ王太子妃らしくない趣味に文句でも言われるのかと思いきや、セレンの目は穏やかなままだった。

「その……、欲しいものはないのか？　何か足りないものとか……」

そんなことを聞かれるのは初めてで、フレイアは不審そうにセレンを見上げた。

「その、ドレスや、宝飾品など……」

あまりにも唐突に不可思議な言葉を耳にして、フレイアはぽかんと口を開けた。

夫から妻への贈り物ということだろうか。

フレイアの誕生日にも二人の結婚記念日にもなんの贈り物もなかったのに、何を今さら……。

それに、元々物欲は乏しいし、必要なものはなんでも揃っている。

「欲しいものは何もありません」

そう言って真っ直ぐに見つめると、セレンは「そうか」と少しばつが悪そうに目を逸らした。

そうして頻繁に食事をするようになってから、フレイアはセレンに会う時の緊張感がだいぶほぐれてきたように感じていた。最初の頃の険しさがなくなったのもそうだが、少しずつ歩み寄ろうとしているかのように見えるのだ。

以前はせっかくの美味しい料理でも砂を噛むように感じていたが、最近は素直に美味しいと感じられるようにもなった。

フレイアとしても、縁あって夫婦になったのだから、やはりいがみ合うのは嫌だと思う。彼から最初に受けた仕打ちを忘れてはいないが、このままテルルを去るまで穏やかに過ごせれば、くらいには思っている。

そしてこの頃から、セレンは時々フレイアを自分の執務室に呼ぶようになった。彼女が行っている慈善事業やブランドの報告を受けるためだ。

今やフレイアの活動は多岐にわたり、テルルに浸透している。報告などと、最初は訝《いぶか》しく思ったフレイアも、淡々と報告するようになった。

相変わらず殺風景な執務室の応接セットに向かい合い、セレンが口を開く。

「そなたの目から見て、この国でもっと改善すべき点があれば教えてほしい」

そう聞かれた時は、さすがのフレイアも心の底から驚いた。

ずっと自分を……、いや、女性全般を下に見ていたはずの王太子が、そんな意見を求めてくるのだから。

まだまだ不遜な態度ではあるが、大きな進歩であることは間違いない。

「それはもちろん女子教育ですわ」

「……女子教育？」

フレイアは頷いた。

この国は圧倒的に女子の学力が低い。慰問などで市井《しせい》の人々と触れ合うとよくわかるが、学びたい女子、優秀な女子はたくさんいるのに、勉強をする場がない。

テルルは大国ではあるが、完全な男社会で、男性優位の国だ。貴族をはじめとする国民の多くが、女性は夫を支え家庭を守る者であって、学問など必要ないと思っている。

そんな国だから、いつまで経っても男尊女卑で、王家の一夫多妻制が続いているのだ。

そしてそんな国だから余計に、王太子は隣国から嫁いできた王女を蔑《ないがし》ろにできるのだ……、とフレイアは思う。

「この国には貴族の学校や騎士になるための学校はありますが、入学は男子学生のみに限られていて、女子が学べる学校は圧倒的に少ないと思います。これでは、学びたい女性が学べませんし、優秀な人材が育ちません」

「庶民の学校はあるだろう？　それに、貴族の令嬢の多くは家庭教師をつけるし、学校もあるのではないか？」

「庶民の女子で高等教育が受けられるのは、親がよほど教育熱心か、裕福な家庭の子のみです。貴族の令嬢だって、学問はともかく、家庭教師と一対一のやり取りでは社会性が身につきません。女子の学校もあるにはありますが、ダンスやマナーを学ぶ、いわゆる花嫁学校です」

「社会性を身につけるために、令嬢たちは茶会を開いて呼んだり呼ばれたりするのだろう？」

　さすが王族代表の王太子。考え方が全くもって貴族的だ。

　茶会で身につく社会性なんて、上手なマウントの取り方や、作り笑いのやり方くらいだろう。

　テルルの女子は、貴族も庶民も学問という意味で言えばほぼ初等教育で終わりだ。

　だからこの国は政治も経済も動かしているのはほぼ男性のみである。

「アルゴンでは女子も男子と同じように学問を修め、あらゆる場所で活躍していました。これからのテルルの発展のためにも、女子教育は欠かせません」

フレイアの祖国アルゴンでは女性の宰相や大臣も珍しくなかった。

「そうか。考えておこう」

セレンは微かに口角を上げた。

フレイアはまた驚く。アルゴンを引き合いに出したため、セレンが機嫌を損ねると思ったのである。

「そなたもアルゴンでは学校に通っていたのか?」

「ええ」

学ぶことが好きなフレイアは学校が大好きだった。

王女でありながら明るく気さくなフレイアには友人も多く、毎日楽しい学園生活を送っていた。

同時期の三つ上の学年には、兄サイラスや留学中のハロルドがいたこともある。

妹を溺愛するサイラスはフレイアに会うため頻繁に教室に顔を出していた。ハロルドはそんなサイラスに仕方なく付き合っているような態度だったが、実際はかなり面倒見が良く、テスト前などにはよく勉強を教えてもらったものだ。

「学校はとても楽しく、有意義なものでした。この国に嫁ぐため、卒業こそできませんでしたが、国に帰ったら復学したいと思っています。大学で勉強したいんです」

「大学？　王女であるそなたがか？」

「ええ。勉強して、兄の力になりたいのです。そして、民のために働きたい」

フレイアは少し、自分のことを語りすぎたかと思って言葉を切った。

目の前のセレンは怒る風でもなく、「そうか」と言って軽く目を伏せた。

◇◇◇

「もうすぐそなたの誕生日だな。何か欲しいものはあるのか？　それから……、そなたの好きな色はなんだろうか？　成婚二周年記念の舞踏会のために、ドレスを作ろうと考えているが」

セレンがそう言ってきたのは、フレイアの十八歳の誕生日の約一ヶ月前で、成婚二周年までには四ヶ月ほどある、晩餐の席でのことだった。

フレイアは目を見張ってセレンを見つめた。そういえば昨年の誕生日頃には来訪した兄とハロルドからプレゼントを貰った。

そして、夫であるセレンからは、祝福の言葉さえも貰えなかった。

でもまぁお互い様だと思う。

フレイアだって、王宮で開催された王太子の誕生日パーティには出席したが、プレゼントなんて何も用意しなかったから。

「お心遣いありがとうございます、殿下。でも、特に欲しいものはありませんわ」

フレイアは本心からそう言った。元々好奇心は旺盛だが、物欲は乏しい方だ。

「そうか……」

残念そうに呟いたが、セレンは誕生日プレゼントについてそれ以上強くは言わなかった。

「では、今回の分は成婚記念の舞踏会に回し、豪華な衣装と装飾品を作らせることにしよう」

続くセレンの言葉を聞いて、フレイアは目が点になった。

嫁いでからも必要に迫られて何度かドレスは作ったが、いつも職人任せで、それについてセレンが興味を持ったことなど一度もない。

だいたい、成婚二周年記念の舞踏会なんていうのも初めて聞いた。

一周年の時も舞踏会が企画されてはいたが、セレンが遠方に視察に行くという理由で取りやめになっていた。おそらく、彼にとっては記念すべき日でもないからわざと視察をぶつけてきたのだろう。今回は取りやめる上手い理由が見つからなかったとでも言うのだろうか。

「特に好きな色はありませんわ。強いて言えば黒が好きですが、晩餐会のドレスにはそぐわない色ですものね」

フレイアの言葉を聞いて、セレンは眉をひそめた。

黒と聞いて思い出すのは彼女の故郷から来た幼馴染であり護衛騎士である男。あの男は漆黒の髪に黒曜石のような瞳を持っていた。

「では、私の瞳の色である青を基調にドレスと装飾品を作らせよう。私の装飾品はそなたの瞳と同じ琥珀色を基調に」

そう言ったセレンに、フレイアは驚いて目を見開いた。

お互いの瞳の色を身につけるなど、まるで想い合っている夫婦のようではないか。

そこまで内外に仲良しアピールをするつもりなのだろうか。

結婚生活残り一周年のパーティに？

でも、それに口を挟む気は毛頭ない。

「殿下のご随意に」

フレイアはそう言うと食事を口に運んだ。

成婚記念の舞踏会にも興味を示さず淡々と食事を続けるフレイアに、セレンはため息をついた。

たしかに成婚一周年記念も、彼女の誕生日も、今まで何一つとして祝おうなどと思わなかった。

だが、今回はドレスや宝飾品を贈りたいと思ったのだ。

深い青のドレスは、きっと彼女の気高さを彩ることだろう。

そういえば、結婚式では彼女は純白のウエディングドレスを身に纏っていた。

清楚で可愛らしい彼女に良く似合っていただろうが、あまり記憶にはない。

隣国から嫁いできた王女になど興味はなく、花嫁姿を見ようとも思わなかったからだ。

今思えば、なんてもったいないことをしたのだろうと思う。

思えば、彼女はたった十六歳で僅かな供と見知らぬ他国へ嫁いできたのだ。

きっと不安でいっぱいだったことだろう。

――貴方に恋をしていたから。

そう告げた彼女の声を思い出す。

彼女には十年以上も想い続けた初恋相手に嫁ぐという期待と喜びもあったはずなのだ。

全て、自分が壊した。不安も、期待も、何一つわかってやろうとしなかった。

あの時ただ、微笑みさえすればよかったのだ。

「来てくれてありがとう」と。

「これからよろしく」と。

優しい言葉をいくつかかければ、きっとそれで上手くいっていたはずなのに。

彼女はこの二年の間に、本当に綺麗になった。

だが、どんなにこの二年間を悔いても、もう取り返しはつかないのだ。

◇◇◇

セレンとフレイアの成婚二周年記念舞踏会は王宮内で盛大に開催された。

この日のフレイアは青のドレスに身を包み、美しいストロベリーブロンドの髪は纏め上げられ、ダイアモンドとプラチナに輝くティアラで飾られている。

招待された自国の貴族、有力な平民たちも、皆美しい王太子妃に見惚れ、ため息を漏らした。

招待客から祝福の言葉を受け笑顔で応えるフレイアを、セレンもまた柔らかく見つめていた。

アキテーク公夫妻の挨拶を受けた時はさすがに顔が強張りそうになったが、悟られないくらいには笑顔を顔に貼り付け、優雅にその口先だけの祝福を受けた。

後ろに控えている護衛騎士たちは正装していつもよりさらに凛々しく見えるが、その中でも、黒髪の騎士ハロルドは異色の存在感を放っていた。

整った顔立ちと気品溢れる立ち姿。騎士の格好はしていても生まれ持った王族の血は隠しきれていないらしい。貴族の令嬢たちも憧憬の眼差しでハロルドを眺めている。

一通りの挨拶が済み、ダンスに誘うためにセレンが手を差し伸べると、フレイアも柔らかな微笑みを浮かべてその手を取った。

二人でホールの中央に躍り出る。

優雅にステップを踏むセレンにリードされ、フレイアも羽がついたように軽やかに踊る。

しっかりと重ね合わされた手に、背中に回されたもう一方の手。普段疎遠な二人がこれほど密着するのはダンスの時くらいで、フレイアにとってはなんとも居心地が悪い時間だ。

対するセレンはその唇に微笑みを浮かべ、妃を見つめながら踊っている。

そして王太子夫妻が一曲目を踊り終えると、目を奪われていた招待客たちもはっとしたように互いの手を取って次々にホールに歩み出た。

ファーストダンスを終え、いつものように離れようとしたフレイアだが、何故か今日はセレンが手を離してくれない。

だからといって席に戻る様子もなく、フレイアは戸惑ったようにセレンを見上げた。

「今日は私たちの成婚記念だ。もう少しいいだろう」

そう囁かれ、フレイアは微かに頷いた。

(なるほど仲良しアピールってことね。仕方ない、もう一曲……)

だが結局セレンはそのままフレイアの手を離さず、三曲も踊り続けた。


観念して踊り続けるフレイアだが、先程から刺すような視線を感じていた。

セレンの肩ごしに、フレイアを睨むように見つめる女性たちがいるのだ。その中にはおそらく、フレイアと踊り終えた後に誘ってもらえるのを期待して控えているのだろう、アキテーク公夫人サーシャやセレンと噂のあった未亡人たち、そして側妃志願の令嬢たちの姿もある。

一方で、多くの招待客たちは睦まじい様子の王太子夫妻を温かい目で見守っていた。

(どうやら不仲だという話はただの噂話らしいな)

（その証拠に、王太子は昔の恋人たちに目もくれないじゃないか）

（美男美女の王太子ご夫妻、なんてお似合いのお二人なんだ）

あちこちで、そんな言葉が囁かれている。


「疲れたか？」

三曲目を踊り終え、ようやくセレンが声をかけた。

「ええ、喉が渇きましたわ」

お転婆で体力には自信があるフレイアだが、正直、ダンスはそれほど好きではない。

それに……、できればいい加減手を離してほしい。

それなのにセレンは、では戻って何か飲み物を貰おうとフレイアの手を取ったまま席に戻りかけたので、フレイアは慌ててそれを引き止めた。

「お待ちください。殿下はどうかこのままで。殿下と踊りたいご婦人たちが待ちわびていますもの」

周りは、王太子に踊ってもらいたいご婦人たちと、妃にダンスを申し込みたい紳士たちで溢れている。

一方のセレンは、三曲目が終わったと同時に近づいてくる兄クリスの姿を目の端に入れていた。

おそらくセレンが手を離したらフレイアにダンスを申し込むつもりなのだろう。

「いい。私も席に戻る」

サーシャや令嬢たちは悔しげにフレイアを睨みつけた。

「殿下」

「私も疲れたのだ」

セレンはフレイアの手を引くと、席に戻ってしまったが、フレイアはまだセレンには踊っていてほしかった。

女性たちの視線も痛いし、二人で黙って席に座っているのも苦痛だった。

王太子夫妻が去った後のホールの主役になっているのはアキテーク公クリスだ。次から次へと美しい令嬢たちと踊り続けている。

半年前、アキテーク公夫妻に待望の男子が生まれた。すでに側室には子を産ませていたが正室サーシャとの間の第一子であり、嫡子である。

子こそ生まれたが、結婚する前から側室がいたクリスは今も華やかな女性遍歴を繰り広げている。

家庭的なアルゴン王室に育ったフレイアには、全くわからない世界だ。

時々クリスが挑発するような意味ありげな視線をセレンに投げてくる。

セレンの方は極力目を合わせないようにしているようだが、意識しているのは明らかだ。

フレイアはそんな二人を見て、余計に気持ちが重くなるのを感じた。

また、義姉サーシャも、紳士たちと優雅に踊り続けている。美しく、華麗にステップを踏むサーシャは、今やホールの女主人となり、夫クリスと観客の視線を二分している。

幸か不幸か、王宮で暮らしていないサーシャとフレイアが顔を合わせる機会は、今までにほとんどなかった。義姉妹とはいえ、サーシャはフレイアが手がける慈善事業にも全く顔を出さないいし、興味もないようだ。

だから、サーシャがどんな人柄なのかフレイアは知らないが、舞踏会での彼女を見れば、派手なこと、そして人の注目を浴びることが好きなのは間違いないだろう。

豪華で、妖艶で。

（なるほど……、殿下はこういうタイプがお好みなのね）

なんだかおかしくなって、フレイアは笑みをこぼした。

ところで、今日、ここにいるべきはずの国王夫妻の姿はない。

かねてから体調を崩していた国王に続いて、王妃もまた参加を辞退したからだ。

療養中とは発表してあるが、国民は国王の容体をはっきりとは知らされておらず、王太子が舞踏会を開くくらいなのだから大したことはないと思っているだろう。

だが、頻繁に国王を見舞いに訪れているフレイアは知っている。

たしかに国王は命に関わる状況ではないが、おそらくもう国民の前に姿をあらわすのは難しいだろうことを。

だから、王太子セレンが国王に即位するのは時間の問題だろう。

そのためセレンは今クリスと後継者争いを起こさないための足元固めで忙しい。

それにしても、何故彼は、今さら妃との仲良しアピールをするのだろう。

せっかくの機会なのだから、次の正妃候補や側妃候補と触れ合ってみればいいものを、群がってくる側妃候補とその親族たちをかえって遠ざけている。

(有力な貴族の娘を側妃に迎えて味方につける方法だってあるだろうに、私以外の女性を利用するつもりはないのね)

まぁ、政治に利用されて不幸になる女は自分だけでたくさんだ……とフレイアは思う。

(早くこの窮屈なコルセットとハイヒールを脱ぎ捨ててベッドに体を放り投げたい……)

フレイアはホールを眺めながらこの時間が早く終わらないかと考えていた。

一方セレンは、そんな妃を時々横目で窺っていた。

今日のフレイアは目を奪われるほど美しい。

結い上げられた髪は光の加減でピンクにも金色にも見える輝きを放ち、ほっそりとした華奢なうなじにかかる後れ毛も美しい。

光沢を放つブルーのドレスからは、いつもは隠れている白い鎖骨や二の腕がチラチラ見え、なんとも奥ゆかしい色香を放っている。

エスコートするために部屋に迎えに行った時は、その匂いたつような美少女ぶりに思わず声を上げそうになった。

今日来ている貴族の男性たちも皆、頬を染め、口元を緩ませて王太子妃を見ている。

しかもフレイアはそんな男たちの不躾な視線にも笑顔で返していて、セレンは憂鬱になっていた。

あわよくばダンスを申し込もうとしている紳士がクリス以外にもいたが、非常に不愉快だ。

……これは、嫉妬なのだろうか。

セレンは自分の、なんとも説明のつかない感情に戸惑っていた。

舞踏会が終わると、セレンは最近いつもそうであるようにフレイアを部屋まで送った。

「それでは殿下、おやすみなさいませ」

部屋の前でフレイアが挨拶しても、今夜のセレンは何故かそこから離れない。

フレイアが訝《いぶか》しげに顔を上げると、セレンは困ったような顔でフレイアを見下ろしている。

「茶には……、誘ってくれぬのだろうか？」

「……は？」

たしかに普通の夫婦なら、部屋に送ってもらった後お茶に誘い、楽しく語らったりするのだろう。

そう、普通の夫婦なら。

(でも、私たちは……)

この二年間、夫のセレンを自室に通したことなど一度もない。

公務の後に二人で余韻を楽しんだことも一度もない。

あまりにも驚いて固まっているところへ、妃殿下、とソラリスから声をかけられ、フレイアはようやく我に返った。

セレンの後ろには、期待するような目でこちらを見ている彼の護衛騎士がいる。

「……どうぞ。お茶でもお淹《い》れしましょう」

フレイアがそう言うと、セレンはほっとしたようにため息をついた。

セレンを通した後、フレイアも部屋に入ろうとして、扉の前で控えているハロルドと目が合う。

自分を見つめるハロルドの黒い瞳を見て、フレイアは黙って目を逸らした。


「いい香りだな」

フレイア自らが淹《い》れた、薔薇の香りがするお茶に、セレンは僅かに口角を上げた。

美しく透き通る赤い色も、優雅な香りも、疲れた体を癒してくれるような優しいお茶だ。

セレンは初めて妻の部屋でお茶を飲みながら、部屋の中を見回した。内装も家具もフレイアの嫁入り前にこちらで設《しつら》えたものだが、全て侍従に準備させたものだ。

セレンの自室もシンプルだが、この部屋もおよそ若い王太子妃が過ごすような華やかさはない。

フレイアが嫁いできてからその嗜好を聞いて王宮の侍女たちが飾り立てようとしたが、彼女はそれを断ったと言う。

出ていくつもりの彼女には、きっと思い入れがなかったのだろう……と、今のセレンにならわかる。

「……そなたは、いつも仏頂面だな」

向かい合って薔薇のお茶を飲む妃に、セレンは苦笑した。

「……それは、申し訳ございません」

フレイアが困ったように言い返す。

あの護衛騎士をはじめとする身内や慰問先の民には花のような笑顔を見せる妃が、相変わらず自分だけには笑顔を見せない。

セレンはそれがもどかしくて仕方がない。


一方フレイアは、最近のセレンの行動に不信感を抱いていた。

花を贈ってきたり、部屋まで送ってきたり、一体彼はどういうつもりなのだろう。

そして今夜はとうとう部屋の中にまで入ってきた。ソファに腰掛け優雅な仕草でお茶など飲んでいるが、はたして、王太子はいつまでここにいるつもりなのだろうか？

「美味いな。これも、そなたが作ったのだろう？」

微笑みさえ浮かべそうなその口元を、フレイアは黙って凝視した。

「おかわりを所望して良いだろうか？」

「……はい」

仕方なくフレイアは二杯目を注いだ。

「来月、東の外れに建設中の堤防を視察に行く。途中の離宮までそなたを帯同する故、準備しておいてほしい」

唐突にそう切り出され、フレイアは面食らったようにセレンを見つめた。

王都内ならともかく離宮に来てほしいなど、結婚して以来初めて言われた。

「何故……、私を？」

「そなたはこのアッザムから出たことはあるまい。だが、そなたの人気はこの王都内にとどまらない。途中いくつかの町で顔を見せれば、国民も喜ぶだろう」

「ですが……」

「そなたはこの二年間、テルルの発展に尽力してくれた。せめて、その労をねぎらいたく思う」

労をねぎらう……？

思いもよらない言葉が飛び出し、はじめは戸惑っていたフレイアも、民との交流があるという予定を聞いて僅かに口元を緩ませた。

「わかりました殿下。ありがとうございます」

薔薇茶を口に運んだフレイアは、王太子の機嫌も良いようだし、せっかくだからこの機に気になっていたことを聞いてしまおうと考えた。

「ところで殿下、この際ですのできちんと確かめておきたいのですが」

「……なんだ?」

「離婚のお約束まで一年を切りましたが、離婚の理由はどのように発表されるおつもりですか? 国同士の契約に基づいた結婚なのですから、真っ当な理由をご用意されていたのでしょう?」

フレイアの言葉に、セレンは危うくティーカップを落としそうになった。

「もちろん私が嫁いできた時に殿下から渡された契約書を披露するつもりはありません。あんな紙一枚でテルルとアルゴンが険悪になるのは本意ではありませんから。けれど『白い結婚』の経緯を知れば、それこそ私を溺愛する兄は怒ってテルルを攻めてくるかもしれません。契約書を披露できないとなると、他に離婚の真っ当な理由が必要となるわけです」

突然離婚について語り始めたフレイアに、セレンはただただ驚いて目を見開いた。

それにしても、こうしてあらためて聞くと、我ながら杜撰《ずさん》で酷すぎる内容だ。

セレンの誤解と思い込みから交わされたなんとも馬鹿馬鹿しい契約だった。

フレイア側からしたら理不尽この上ない。今アルゴンとの仲が険悪になっていないのは、全てフレイアが自分の中に呑み込んでくれたからにすぎない。

あと一年で離婚……

あらためてその件を突きつけられ、セレンは胸の奥を鷲掴みされるような痛みを覚えた。

全ては自分の浅はかさから出た契約である。

しかしこの二年、それを覆すことも、彼女と歩み寄ることもできなかった。

ただ、以前のセレンなら自分に都合の悪い話を聞かされそうになっただけで不機嫌になったであろうが、あの頃の彼とは少し違う。セレンは静かに、フレイアの次の言葉を待った。

「そこでですね。私に良い考えがありますの」

僅かに口角を上げ、フレイアが語る。

「私は子供ができない体だという診断書を侍医に偽造させましょう」

およそ笑って言うような話ではない言葉が、フレイアの口から紡がれた。

セレンは驚きのあまり、自分の耳を疑った。

「聞こえませんでしたの？　ですから……、私が殿下のお子を産めないから離婚する、ということで譲歩してさしあげますわ」

「何故、そなたがそんなことを……！」

全くもって理解できない。フレイアにはなんら利益もない話だ。

そもそも、三年で離婚すると理不尽な要求を突きつけたのはセレンの方だ。

ただただフレイアを毛嫌いし、離婚を要求してもどうせ自国からも見放されている王女だろうと侮《あなど》っていたのは他ならぬ自分である。

何故フレイアが自分を庇《かば》ってくれるのか全くわからない。

まさか、それほど自分のことを……？

いや、それはない。

今や、フレイアの瞳に自分への憧憬など一切ないのは明らかだ。

「私はテルルの民もアルゴンの民も愛しているのです。たかが王女の離婚話で二国間が険悪になれば、私はきっと一生後悔するでしょう」

たかが王女の離婚話。たしかに男である王太子の方なら、『たかが』であろう。

だが、女である妃の方からしたら……

「子ができぬなどと……、それでは、そなたは再婚も難しくなるのではないか？」

セレンの問いかけに、フレイアは薄く笑った。

「どうぞお気遣いなく。そんなこと、私にはどうでもいいのです。理由がなんであれ離婚された王女が再婚など、そもそも難しいでしょう？　それに私は、結婚など……、もうこりごりなのです」

フレイアの言葉に、セレンは瞳を揺らした。

「しかし……、正妃に子ができぬなど、離婚の理由にはなるまい」

正妃に子ができねば、側妃に産ませればいいだけのこと。

そうして王家は脈々と血を繋いできたのだから。

それを聞いたフレイアはますます笑みを深めた。

「側妃腹の後継など認めないお考えをお持ちなのは、殿下ご自身でしょう？　私が嫁いできた時、側妃の子のくせにとなじったのは他ならぬ貴方ではありませんか」

「それは……」

セレンは唇を噛み、言葉を切った。

たしかにフレイアが嫁いできた時、側妃腹の王女を王太子妃に送ったのかと罵ったのは自分だ。

三年で離婚すると告げたのは自分。

これは『白い結婚』と言い切ったのも自分。

正妃の子ではないと蔑んだのも自分だ。

この上、なんの落ち度もないフレイアに不妊という偽りの咎《とが》まで押し付けようというのか？

……今、二年前に簡単に発した言葉が、全て自分に返ってきている。

一年後には、間違いなく、彼女を永遠に失うことになるだろう。

どうすれば……、どうすればいい？

どうすれば、彼女を失わずにいられる？

「だったら……」

セレンの唇が震える。

「だったら私と……」

今さらこんな台詞を言えば、彼女はさらに自分を軽蔑するだろう。

でも、それでも……！

セレンは真っ直ぐに、フレイアの目を見据えた。

「だったら……、やり直すことはできないか？　離婚の契約は破棄して、最初から、私と……」

その言葉を聞いたフレイアはこれ以上ないくらい目を見開き、絶句した。

まるで意味不明な外国語を聞いたように目を丸くする。

そして一瞬固まった後、耳でもおかしくなったかというように、耳朶《みみたぶ》を引っ張ってみたりこめかみを叩いたりし始めた。

「聞き間違いではない！」

ソファから立ち上がると、セレンはフレイアの前に跪《ひざまず》いた。

「フレイア……、今まで本当にすまなかった。どうか、私とやり直してもらえないだろうか」

フレイアを見上げたセレンの目は、これまで見たことがないような切なく真摯《しんし》なものだ。

「一年後の離婚も、白い結婚も、全て白紙に戻して、最初からやり直してほしい」

「待ってください、殿下。何を……！」

「全て……、全て私が間違っていた。愚かだったのだ、私が。あの頃の私は……」

「おやめください」

話し続けようとするセレンを、フレイアが遮った。

「今さらどうしたと言うのです？　私と別れるのが惜しくなりましたか？」

フレイアは、戯《たわむ》れのように聞いてみた。

「そうだ、私は……」

「蔑んでいた女が意外に使えて、更なる利用価値でも見つけましたか？」

「そうではない、利用価値などではなく、私はそなたに謝りたいんだ……、私は……」

「結構です」

フレイアはピシャリと撥ね付けた。

今さら、謝罪など聞きたくなかった。

フレイアを疎んじていた言い訳など、聞きたくなかった。

「フレイア、私は……！」

「これは一体なんの茶番ですか？」

「頼む、フレイア。私の話を……」

「それ以上はおっしゃらないでください、殿下。聞いてしまえば、私は貴方を憎んだまま
まこの国を出ていけなくなるではありませんか」

「フレイア……！」

『憎む』という言葉に、セレンはさらに顔を歪ませる。

手を伸ばし今にも縋り付きそうなセレンを避けて、フレイアは立ち上がった。

「約束を守ってください、殿下。今私が貴方に望むことは、綺麗に離婚してくださることだけです」

絶望の色に染まっていくセレンの瞳を見ても、フレイアの冷たい視線は揺るがない。

「どうか、お座りください殿下。私はそんな話ではなく、もっと建設的な話がしたいのです」

切なげに見上げるセレンを、フレイアはなんら感情の伴わない瞳で見つめ返した。

嫁いで二年。

最早、懺悔《ざんげ》されたからと言ってやり直そうと思える時期はとっくに過ぎているのだろう。

セレンの瞳の色がさらに絶望に染まっていく。

謝罪さえ、まともに受け取ってもらえなかったのだ。

フレイアに促されたセレンは、俯いたままのろのろとソファに座り直した。

冷静を装ってはいるが、正直フレイアは、内心天地がひっくり返ったかと思えるほど驚いていた。

あの、自尊心だけは天に届くほど高いと思っていた王太子が自分に跪《ひざまず》いたのだから。

ここまでするのに、どれだけ彼の中に葛藤があったことだろう。

……ただ、今のフレイアの心には響かない。

二年だ。二年もの間、謝罪の言葉もなく、夫婦らしいふれあいもなく過ごしてきたのだ。

いくら最近二人の間の雰囲気が和らいだとはいえ、それだけのことだ。

今さらなのだ、全て。

今のセレンを見れば、心から悔いているのは本当なのだろう。

でも、フレイアにはどうしてもあの絶望が忘れられない。

成婚前にテルル入りしても、結婚式まで顔も見せなかった婚約者。

結婚式では一瞥もせず、微笑みかければ「笑うな」と言い放った冷たい夫の態度。

放置された初夜の屈辱。

そして、突きつけられた『白い結婚』と三年後の離婚。

踏みにじられた、淡い初恋と、幸せな花嫁の夢。

だが……

フレイアは深く、息を吐いた。

そして、真っ直ぐにセレンを見つめた。

つい数刻前に華麗なステップを披露し、居丈高《いたけだか》に周囲を見下ろしていた夫の顔は、今や蒼ざめ、憔悴しきっている。こんな夫の姿を見るのは初めてだ。話も聞かないのは、さすがに大人気ないかもしれない。

フレイアはもう一度深呼吸すると、「わかりました」と一言告げた。

項垂れてソファに沈んでいたセレンが、ゆっくりと顔を上げる。

「殿下のお話をお聞きします。まずは、その『謝まりたいこと』とやらをお聞きしましょう」

フレイアはセレンの目を真っ直ぐ見つめると、静かにそう告げた。

「最初から、全て謝らせてほしい。初対面から冷たい態度をとったことも。初夜からずっと放っておいたことも。成婚直後に、離婚を切り出したことも」

セレンは語りながら、心が軽くなっていくのを感じていた。

今まで自分が守ってきたちっぽけなプライドは、一体なんだったのだろうと思えるほどに。

「全て捻じ曲げられた報告を鵜呑《うの》みにした私の誤解だった。私が……、間違っていた。どうか、許してほしい」

そう言って真っ直ぐに見つめてくるセレンを、フレイアも見つめ返した。

王太子が謝るなど、本来ならあってはならないこと。

それでも謝罪してきたのは、彼が心から悔いているからなのだろう。

でも、どうしてもわからない。

「何故、今さら？」

誤解が解けたと思える頃から、すでに一年は経っている。

自分の認識が誤っていたと知っていたなら、謝罪する機会はいくらでもあったはずだ。

不思議そうに首を傾げるフレイアに、セレンは気まずそうに視線を落とした。

「王太子である自分が簡単に謝るべきではないと、自分に言い訳していた。謝ってもそなたが受け入れてはくれまいと、つまらない自尊心ばかりが邪魔をしていたのだ。だが……、怖くなった。一年後、そなたが本当にこの国を出ていくのかと思ったら……」

セレンは顔を上げ、再びフレイアを見つめた。

「そなたは……、賢く、美しい女性だ。初めて会った時の……、あの時の、そなたの笑顔に応えなかったことを、私は心底後悔している。叶うなら、出会いの日に時を巻き戻したい。あの日に戻ったなら、私はそなたを笑顔で迎え、唯一の妃として、そなただけに誠を尽くそう。私にはそなたが必要だ。どうか、ここに残って、未来の王妃として私の隣に立ってほしい」

「それは……」

口を開きかけたフレイアを遮って、セレンが続ける。

「恥を忍んで頼む。もう一度、私を見てはもらえないだろうか。どうか、最初からやり直させてほしい」

夫の真摯《しんし》な瞳を目の当たりにしても、今のフレイアには戸惑いしかなかった。

やり直すには、遅すぎるのだ。

フレイアは静かに息を吐き、そして穏やかな目でセレンを見つめた。

「その言葉を聞けただけで、十年に及ぶ恋心が少しは報われた気がします」

その言葉に、セレンが目を見開く。

「十年です、殿下、私の初恋は。私は十年以上もの間、まだ見ぬ貴方を想い続けました。貴方にはあずかり知らぬ、私の勝手な、未熟な想いだったでしょう。でもその想いは、あの初夜の晩に放っておかれた時に砕けました。そして砕けたそれは、喉元に剣を突きつけられたあの時、散り散りになって消え去りました。塵になったその欠片は、もうどこにも存在しないのです」

淡々と語るフレイアを、セレンが哀しげに見つめる。

「私は何故、あのような酷い仕打ちができたのだろうな」

たとえ誤解から蔑んでいたとしても、相手はこんなにも可憐な少女だったのに。

「時は巻き戻りません、殿下。私はあの日から、より良い形で三年後を迎えるべく過ごしてまいりました。どうぞ当初のお約束通り、私を解放してください」

フレイアの目に、迷いはない。

恋に恋する少女だった。

絵姿の偶像に恋をしていた。

でももう、あの夢見る少女はいないのだ。

「もう……、どうあっても別れると言うのか？」

縋るようなセレンに、フレイアは僅かに憐れむような目を向けた。

そして、「殿下は以前、私に好きな色をお尋ねになりましたね？」と、まるで関係のない台詞を紡いだ。

セレンが訝《いぶか》しげに首を傾げる。

「あの時は黒と言いましたが、幼い頃から私の好きな色は青……、貴方のその瞳の色でした」

微かに口角を上げ、フレイアが告げる。

「貴方のその、蒼く澄んだ瞳に惹かれていました」

セレンの目が大きく見開かれる。

「殿下……、どうぞこの先は、その瞳を曇らせることなく物事をご覧くださいませ」

フレイアの澄んだ琥珀色の瞳がセレンを射抜く。

初対面から曇った瞳でフレイアを見ていたセレンにとっては痛烈な批判の言葉だった。同時に、彼女の琥珀色の瞳が熱を持って我が身を映すことは二度とないだろうと思い知らされる。

しばらく沈黙が続いた後、フレイアが口を開いた。

「謝罪は受け入れます、殿下。けれど離婚は決定事項です。ですから私たち……、友人になりましょう」

微かに笑みさえ浮かべて告げたフレイアを、セレンはただ呆然と見つめた。

「………謝罪を受け入れてくれて、感謝する」

セレンがやっと口を開くと、フレイアは微笑み、頷いた。

そしておもむろに立ち上がると、机から紙やペンを持って戻ってきた。紙をテーブルの上に広げると、先程までの出来事などなかったかのように淡々と告げた。

「新たな契約書を作りましょう、殿下」

「新たな契約書？」

「離婚の責を私が負うことについて、条件があります」

セレンがゆっくりと顔を上げる。

「私は子ができない体だと公表する報酬です」

「……その離婚理由は認めないが、念のため聞いておこう」

「ありがとうございます。それでは……。第一に、アルゴンとテルルで小競り合いが頻発していたテネシン山から、テルルは永遠に手を引いてください。第二に、国境付近にあるテルルの天領ビスマスを、慰謝料代わりに私に譲渡してください。そして最後に、この国で私が立ち上げたシルクブランドに関して、その権利の所有をお許しください」

テネシン山とは、良質な金鉱がある宝の山だ。

現在はアルゴン領に位置しているが、テルルとの国境に面しているため、昔から小競り合いが発生していた。

また、テルルの天領ビスマスは小さな領地ではあるが、絹織物で発展してきた地域だ。百年ほど前まではアルゴン領だったが、戦でテルルに取られたといういわく付きの土地である。

広大な桑畑が広がり、絹製品に関わる優秀な職人も多い。

元々絹織物が盛んになったのもアルゴン領だった時代からのことで、領民のアルゴンへの帰属意識も高いが、現在はテルル王家の直轄領になっている。

要するにフレイアは、大人しく離婚してやるから宝の山には近づくな、絹の産地を職人ごと寄越せ、自分が立ち上げたブランドには手を出すな、と言っているのである。

「ビスマスを……、アルゴンに渡せと言うことか？」

「そうではありません、殿下。どちらの国とも自由に交易できる自治権を認めてもらい、私に統治させていただきたいのです。それで手を打ちましょう。これは、私がテルルで夫に冷遇されていたと父や兄に告げ口しないための、口止め料とでも思ってくださいませ」

「そなたが……、統治を？」

「はい、殿下。父も兄も温かく迎えてくれるでしょうが、出戻りの厄介者になるのは嫌なのです。だから私は、自立の道を探りながら、父や兄、民のために生きたいと思います」

蝶《ちょう》よ花よと育てられた王女から出たとはとても思えぬ言葉に、セレンは眉をひそめた。

だが、これが今のフレイアなのだ。

「しかしそなたは……、帰国して、復学したかったのではないのか？」

以前話した時、大学に行きたい、兄の支えになりたいと夢を語っていたはずだ。

セレンの問いに、フレイアは大きく頷いた。

「もちろん復学はするつもりです。元来、貴族たちは王都と自領を数ヶ月ごとに往き来し、優秀な領主代理を置いているものではありませんか？　私もゆくゆくはそんな風にできればいいとは思いますが、まずは自分のすべきことをして、勉強は、落ち着いてからすることを考えています。私は出戻りの身ですから、兄のそば近くにいるより、外から支えることを模索したいと思います」

先のことを語るフレイアの瞳は、いつもより輝いているようにセレンには見えた。

それがなんだか眩しくて、セレンは視線を落とした。

「……テネシン山とシルクブランドについては許可できるが、ビスマスの件はすまぬ、私の独断では決められない」

「もちろんそうでございましょう。けれど、私は殿下のご英断を期待しておりますわ。それによって、兄も満足し、両国の友好関係も保たれるでしょう」

離婚の条件は、成婚三年後の離婚を突きつけられた時から、フレイアが密かに考え、準備していたことである。

フレイアが立ち上げたシルクブランドは彼女ありきのものだ。そして、王都を出られないフレイアは天領ビスマスに行ったことはないが、そこで暮らす職人たちとは事業を通してずっと繋がってきた。

ビスマスは過去アルゴン領だったこともあり、親アルゴン派が多い地域でもある。しかしながら、いくら慰謝料代わりの土地とはいえアルゴン領に組み入れてしまえばテルル側からの大きな反発が予想される。それ故の自治領扱いなのだ。

テネシン山については昔は争いが起きるたびにテルルの領土になったりアルゴンの領土になったりを繰り返していたが、今はアルゴン領にあるのだから、特段問題はないだろう。

淀みない口調で離婚条件を語る王太子妃に、かつての夢見る少女だった面影は最早ない。

フレイアは厳しい環境に置かれながらも離婚後を見据え、自立する道を模索していたのだ。

◇　◇　◇

その後も、今や友人となった王太子夫妻の晩餐は頻繁に続けられた。

セレンは時間を惜しむように、食事の後はフレイアを部屋まで送り、食後のお茶をねだった。

実際離婚問題は置いておいても、フレイアとの会話は実《じつ》にみのりあるものばかり。

今さらながらセレンは、フレイアのその博識さと頭の回転の速さに舌を巻いていた。

お茶の時間を終えると、セレンは扉の前でフレイアの手の甲に口づけて戻っていく。

友人としてはおかしいが、まるで、それだけは許された行為であるかのようなその仕草に、フレイアもされるがままにしていた。


その日フレイアは、侍女のソラリスと護衛騎士のハロルドを伴って、王宮図書室に来ていた。

机に向かって資料を開くフレイアを、ハロルドは扉の前に立って黙って見守っている。

資料室に僅かに射し込む光。その光に照らされたフレイアの横顔は少女からすっかり大人の女性に変わっていた。

美しいと、ハロルドは思う。

成婚二周年記念の舞踏会での彼女は、それこそ息を呑むほどに美しかった。

凛として立ち、華麗にステップを踏む姿は、貴婦人そのものだった。

でも……、桜の下ではしゃいでいたフレイア。

あれが、フレイアの本当の姿だとハロルドは思う。

フレイアはふと顔を上げると、ソラリスに後宮の自室から手帳を取ってきてほしいと頼んだ。

「それなら俺が……」と行きかけたハロルドに、フレイアが「待って、ハル」と声をかける。

「ハル……、私に何か話があるんでしょう？」

このところ、ハロルドの何か言いたげな視線を感じていた。

けれど、最近では公務以外でもセレンに時間を奪われてしまうため、フレイアの自由な時間が減ってしまった。ただの護衛であるハロルドと、二人きりになる時間など全くない。

「どうしたの？　ハル」

そうたずねると、ハロルドは困ったように笑った。

いつも底抜けに明るいハロルドの瞳が翳《かげ》っているように見えたのが、とても気にかかった。

「かなわないな、フレイアには」

そう言いながら、ハロルドはフレイアに近づいた。

「実は、兄上から帰国命令が下ったんだ」

ハロルドは少し哀しげに、フレイアに告げてきた。

「……え？」

フレイアは驚いてハロルドを見上げた。

だってハロルドは、そんなものは無視して、今まで自由に生きてきたはずだ。

どうして今回に限ってそんな顔をするのだろう？

「ハル……？」

突然ハロルドが遠くへ行ってしまうような気がして、フレイアは手を伸ばして彼の袖口を掴んだ。

ハロルドは掴まれていない方の手を伸ばし、フレイアの指にそっと触れる。

「ハハッ、剣だこだ」

ハロルドが戯《おど》けたように笑う。

「女らしくないって言いたいんでしょ？」

「ううん……、こんな小さくて細い手で剣を握ったり弓を引いたりするのかって、あらためて感心してるんだよ」

ハロルドは愛おしそうにフレイアの手のひらに触れた。

（……ハルが、行ってしまう？）

この一年以上、ハロルドはずっとフレイアのそばにいてくれた。

明るく能天気なハロルドに、フレイアはいつも励まされてきた。

「……戻らないよね？　ハル」

フレイアはまるで懇願するようにハロルドを見上げた。

こんな言い方はとてもずるいと、自分でもわかっている。

自分は既婚者の身で、しかも離婚が前提であることをハロルドには告げていない。

ハロルドのことは好きだ。

彼が笑ってくれれば嬉しいし、触れられれば温かくなる。

でもそれが、彼が自分に向けてくれているような好意と同じなのか、兄のサイラスを思うものと同じなのか、フレイアにはよくわからない。

「いい加減戻れと、兄上が痺れを切らしている。縁談も、あるからと……」

ハロルドがぽつりと呟く。

……ハルに、縁談？

たしかにハロルドはもう二十歳を過ぎ、本来であればとうに婚約していてもいい年齢だ。

むしろ王族としては遅いくらいだろう。

でも……、縁談？

どうして今まで思い至らなかったのだろう。

ハロルドはずっとそばにいてくれると思い込んでいたなんて。

「縁談はもちろん断るつもりだ。ただ……、俺はね、フレイア。ずっと、王族の役割やしがらみから逃げ回っていたんだよ」

フレイアの手を握ったまま、ハロルドが呟く。

「三年前、王太子である兄上が、次期王太子には俺を、と言い出してね」

現在のタンタル国王はハロルドの父で、王太子は長兄である。

通常なら、王太子の直系が次期王太子になるはずだ。

「兄上たちは結婚して十年以上になるんだけど、子供が王女一人だけでね。側妃の話があっても、兄上は正妃を愛してるからって突っぱねててさ。もちろん王女が女王になればいいだけの話なんだけど、兄上が、同腹の弟である俺を王太子に立てると言い出したんだよ。俺は第五王子だけど、母親が正妃なのは俺たちだけなんだ」

「じゃあハルはタンタルの王太子になるの？」

「ずっと、断り続けてる。二人ともまだ三十代だからこれから子供ができる可能性だってあるし、何より、娘が女王になればいいだけだ。俺も姪のためなら助力は惜しまないってね。それに、俺は未来の国王なんて柄じゃない。王族から離れて臣下として、下から国を支えたいと思ってたんだ」

「下から？」

「ああ……、本当は、昔からずっと、船に乗りたいと思ってたんだ。貿易会社を興して、世界を股にかけて、国を潤す手助けになるようなさ」

「それは……、壮大な夢ね」

「で、それに、フレイアを一緒に連れていけたらって思ってた」

「私を？」

「君も俺も自由で、どこにでも行けて……」

船に乗って、自由に世界の海へ漕ぎ出す……、実現したら、なんて素敵なことだろう。

夢を語るハロルドの横顔をフレイアが見つめる。

「でも……」

ハロルドはフレイアを見て、小さく笑った。

「君は、昔からずっとセレン王子しか見ていなかった……」

ハロルドがフレイアを特別な女の子として意識し始めたのは、フレイアの年齢がやっと二桁になろうという頃からだったように思う。

それまでずっと、お転婆で、生意気な妹のように思っていた。

タンタル王妃であるハロルドの母は、アルゴン王家の出身だ。両国の絆は深く、どちらの国も比較的自由な国風だったためか、母は何度か幼いハロルドを連れてアルゴンを訪れていた。

十五歳の時、アルゴン王太子サイラスが通う学校にハロルドも留学することになり、それからは長い休みのたびに寄宿舎から実家に帰るサイラスに連れられて、フレイアともよく顔を合わせるようになっていた。

フレイアは元々可愛らしい女の子だったが、会うたびにより一層、綺麗になっていった。愛らしく、天使のようなフレイア。

そんなフレイアにハロルドが想いを募らせていくのは当然の成り行きだった。

とはいえずっと妹扱いをしてきた少女に今さら素直にもなれず、しかもフレイアの愛らしい唇から溢れるのはいつも『セレン様』のことばかり。アルゴン王女としてテルル王太子の花嫁になる夢を見るフレイアに、いずれは王族から臣下に下る運命のハロルドが胸の内を明かすことはなかった。

そのうちにフレイアとセレンの婚約は確実なものになり、十六歳になって数ヶ月後、フレイアはテルルに嫁いでいく。

想いを伝える機会も与えられず、ハロルドは長年の恋心を抑え込むしかなかったのだ。

護衛騎士として潜り込んだのは、未練を断ち切る機会を与えてくれた親友サイラスの温情である。

そう、断ち切るはずであった。

フレイアが幸せでいてくれれば。

だが、テルルに来てみれば、初恋の人に嫁いで幸せいっぱいのはずの、夢見る少女だった彼女はどこにもいなかった。

時々諦めたような目をして、すっかり大人のような顔を見せる初恋の少女。

(彼女は、幸せじゃない)

疑いが確信に変わった頃から、ハロルドはまた夢を見始めた。

一度諦めた想いに、再び手を伸ばしていいのかと。

でもそのためには、今の自分ではあまりにも力不足だと思う。

「お転婆で……、夢見る少女だった君が、ちゃんと自分の居場所を作って、王太子妃として活躍している姿を目の当たりにして、俺は何をやってるんだろうって反省したんだ。王族という重責から逃げて、兄上からも国からも逃げ回って初恋の女の子を追いかけるなんて、何やってるんだろうって。でも兄上は、そんな自由な俺をずっと庇《かば》っていてくれた。縁談だってこれまでもたくさんあったのを、抑えてきてくれたんだ。だから……、今度こそ、兄上の帰国要請に応えて、支える立場にならなきゃと思う」

自嘲気味に笑うハロルドの顔を、フレイアは黙って見つめていた。

いつもお日様のように明るいハロルドの、こんな、自分を嘲《あざけ》るような顔は初めて見る。

「君が幸せなら、それでよかった。でも……」

フレイアの手を握るハロルドの手に力が入る。

最初は、彼女の幸せを確認したらタンタルに戻って兄の片腕になるつもりでいた。

でも、テルルで過ごすうちに考えが変わった。

サイラスが与えてくれたのは、本当は、未練を断ち切る機会などではなく、彼女を手に入れる機会だったのではないだろうか。切れ者のサイラスはテルルを訪問する前から、フレイアが王太子に蔑《ないがし》ろにされている事実を掴んでいたのだろうから。

「俺と一緒にタンタルに行こう、フレイア」

「……ハル？」

「タンタルへ戻ったら、俺は兄と国民のために尽くし、王族として一人前の男になるって約束する。その隣で、俺を見ててくれないか？」

ハロルドの目は真剣だった。

「これが最後だ、もう四度目はない。だから……、俺の手を取ってくれ、フレイア」

ハロルドはもう一方の手も差し出し、両手でフレイアの手を包み込んだ。

「君は誰にでも優しくて正義感が強い。でもお転婆で気も強くて……。俺はそんな君が可愛くて仕方ない。ずっと、君の笑顔を守りたいんだ」

「ハル……」

なんて答えたらいいのだろう。

ハロルドとの未来……、そんな未来を考えてもいいのだろうか。

今フレイアは、離婚して女領主になるべく準備をしている。

けれど、まだ女性としての未来を夢見てもいいのだろうか?

ハロルドの気持ちに応えたい。

でも……！

なかなか答えないフレイアに、ハロルドは困ったような笑顔を見せた。

以前のハロルドなら、フレイアが幸せになれるならそれが一番いいと思っていただろう。

でももうそんな段階は過ぎている。

ハロルドは自分が彼女を幸せにしたいのだ。

ハロルドの両手が、フレイアの左手を包み込む。

フレイアはその手に、自分の右手を重ねた。

「ハル……」

ハロルドの黒い瞳に、フレイアが映っている。

こんなに真っ直ぐに見つめてくれる瞳に、こんなに温かい手に、私は応えたい。

フレイアがその唇を開きかけた時、資料室のドアが音を立てて開いた。

「姫様！　王太子殿下が……！」

血相を変えたソラリスが飛び込んできて、二人は瞬間的に身を離した。

しかしソラリスのすぐ後ろには、すでにセレンが立っていた。

「――何をしている？　不倫か？」

入ってきたセレンは立っている二人を氷点下の眼差しで射抜いた。

「アルゴンの歴史について、ハロルドにたずねていたのです。ハロルドは兄サイラスの学友で、優秀な成績だったと聞いておりましたから」

フレイアは涼しい顔で答えた。

「こんな密室で、二人きりでか……？」

セレンはツカツカと寄ってくると、フレイアの手首を掴んで乱暴に引っ張った。

「痛い！」

そのあまりの力強さに、フレイアが眉をひそめる。

「お待ちください、殿下！」

ハロルドが止めようとするのを、セレンは鋭い視線で睨みつけた。

「私たちは夫婦だ！　一介の騎士が不敬であろう！」

そのままフレイアの手を引くと、引きずるようにして資料室を出ていく。

「フレイア！」

追おうとするハロルドの袖を、ソラリスが引いて止めた。

「我慢なさいませ、ハロルド様。今ここで不倫などと疑われれば、姫様のお立場がなくなります！」

「しかし……！」

「堪えてください、ハロルド様！」

セレンに引かれて小さくなっていくフレイアの背中を、ハロルドは唇を噛み締め、拳を握りしめて見送った。

フレイアが引きずられるようにして連れてこられたのは、後宮の、セレンの自室だった。扉一枚でフレイアの自室と繋がる、しかし全く使われていないあの部屋である。セレンは奥の寝室の扉を開けると、ベッドの上にフレイアを突き飛ばした。起き上がろうとするのを、両手で手首を押さえつけ、ベッドに縫い止める。

「……何をなさいますの？」

怯えた顔で見上げる妻を、セレンは笑って見下ろした。

「そなたはまだ私の妻であろう？」

口角こそ上がっているが、その目は全く笑っていない。

「私たちは友人になったではありませんか！　それに、これが白い結婚だとおっしゃったのは殿下です！　約束を違《たが》えるのですか⁉」

震えながらも、強い眼差しで見上げてくる妻を、セレンは美しいと思った。

その美しい妻が、なんとも柔らかい表情で男を見ていた。

自分以外の男の顔を。

「別れの約束まではまだ日があるではないか。それならば、夫婦であった思い出に一度くらい夫婦らしいことをしてもバチは当たらないだろう」

淡々と意味不明な台詞を述べるセレンに、フレイアの体が冷えていく。

「……一国の王太子が、誓詞《せいし》まで取り交わした約定を違《たが》えるのですか？」

「震えているくせに。温めてやろうか？」

「いや！　はなして……！」

（ハル……！　ハル、助けて……！）

ハロルドに助けを求めたい。けれど今またその名を出せば、セレンはもっと逆上するだろう。

「お忘れですか、殿下！　私たちはお互い署名をして、きちんと誓詞《せいし》を交わしたではありませんか！」

「よく回る口だ。塞いでやる」

言うや否や、フレイアの唇に生温かいものが押し付けられた。

舌が唇を割って入り込もうとするのを、それだけはさせまいと、フレイアは歯を噛み締めて拒む。

それでも抉《こ》じ開けようと貪るように唇を重ねてくるセレンに、力の限り頭を左右に振る。

やっと唇が離れると、セレンはフレイアを見下ろした。

「私のものになれ、フレイア」

両手首はまだセレンに縫い止められたまま、覆い被さる重さで、身動きもできない。いくら鍛えているとはいえ、所詮《しょせん》華奢な女性であるフレイアに王太子を撥ね除ける術《すべ》はない。

セレンがフレイアの首筋に顔を埋める。

その瞬間ゾワリと悪寒が体を走り、頭を左右に振る。なんとか手を動かし、足を動かそうとするが……、続くセレンの言葉に思わず固まった。

「……あの男は、本当にアルゴンの騎士なのか？」

「……？」

「タンタルに特使として行ったことのある男が偶然あの騎士を見かけたそうだ。タンタルの王太子によく似ていると言っていた」

「……っ！」

目を見開いたフレイアはやがて諦めたように体の力を抜いた。

抵抗がやんだのを良いことに、セレンは彼女の両手を片手で押さえ、もう一方の手でドレスの裾をたくし上げた。

ピクリとフレイアの足が動いたが、そこまでだった。

手も足もだらりと緩む。

「……好きになさいませ。私はまだ貴方の妻ですから」

その言葉に弾かれたように顔を上げると、フレイアの全てを諦めたような瞳とかち合った。

その美しい瞳からぽろりと一雫《ひとしずく》、涙が溢れ落ちる。

フレイアが涙を見せるのは初めてのことで、その初めて見る涙に、セレンはひるんだ。

「……私に抱かれた後は、自害でもするつもりか？」

セレンの問いに、フレイアは天井を見つめたまま、何も答えない。

この気高い少女は、好きでもない男に穢《けが》されて生きていくような女ではないだろう。

「…………悪かった。下がるがいい」

セレンは手首を掴む力を緩め、起き上がった。

そうしてフレイアの手を引こうとするが、その手はパシリと音を立てて振り払われた。

「触らないで」

向けられたのは、今まで見た中で一番侮蔑を含んだ瞳だった。

セレンが先に部屋を出ると、扉の前にはハロルドをはじめ護衛騎士たちが控えていた。

ハロルドの目には怒りと憎しみがこもっている。

セレンはそれを一瞥し、執務棟の方へ戻っていった。

セレンの護衛騎士もついていき、残ったのはフレイアの侍女と護衛騎士たちだけとなった。

「妃殿下！」

今にも部屋に入ろうとするハロルドを、ジュリアンが止める。

「控えろハロルド！　王太子殿下のお部屋だ！」

「しかし……！」

時間にすれば、僅かなものであった。

だが資料室で見た王太子の怒りは凄まじいものだった。

フレイアが何か酷いことをされたのではないかと、ハロルドは生きた心地もしない。

その時、扉が開き、中からフレイアが出てきた。

そしてハロルドと目が合うと、たちまち泣きそうな顔になって両手で口を押さえた。

「ハル……」

フレイアの瞳からぽろぽろと涙がこぼれ落ちる。

「……ご無礼を、妃殿下」

ハロルドはフレイアの背と膝裏に腕を回し、彼女を抱き上げた。

「ハロルド！　何を……！」

護衛騎士の一人が驚いて声を上げたが、ジュリアンがそれを押し留めた。

「妃殿下は足元も覚束《おぼつか》ないようだ。お部屋まで運んでさしあげるのがいいだろう」

ハロルドはジュリアンに頷いて見せると、フレイアを抱き上げたまま彼女の自室に入っていった。

ベッドにフレイアを下ろすと、ハロルドは彼女の前髪を払い、髪を撫でた。

「すまない、フレイア……。俺のせいで……」

何をされたかわからないが、王太子の怒りに火がついたのは、全て自分のせいだ。

本来なら、今こうしてそばにいることさえ許されることではない。

フレイアは黙って首を横に振ったが、その時ハロルドの目に、フレイアの赤くなった手首が飛び込んできた。

「なんだ？　これは……！」

フレイアが隠そうとした手を、ハロルドが掴んだ。

見れば、かなり強い力で掴まれたのだろう、赤く痣《あざ》になっている。

「大丈夫よ、なんでもないの……」

引こうとする手を、ハロルドは離さない。

そしておもむろに、その両手首に唇を寄せた。

フレイアの手首に、柔らかく、温かいものが押し付けられる。

「やっぱり逃げようフレイア。もう我慢も限界だ。君のことは俺が命にかえても守る」

それにも、フレイアは首を横に振った。

逃げて解決することではない。

それでは、テルル、アルゴン、タンタルの三国にずっと禍根《かこん》を残すだろう。

たしかに、ハロルドと二人でいたのは浅はかだった。夫であるセレンが怒るのも無理はない。

だが……、そもそも、『白い結婚』を言い出したのはセレンの方なのだ。

離婚の約定は誓詞《せいし》に残されているし、離婚の条件も提案してある。

あとは、円満に離婚するだけの話だったのに。

なかなか部屋を出ていこうとしないハロルドに、フレイアは小さく笑った。

「私はもう大丈夫だから、戻って、ハル」

「しかし……」

衰弱しきったフレイア……、ハロルドはこんな彼女を見たことがない。

「姫様のお立場を深くお考えくださいませ、ハロルド様」

侍女のソラリスが釘を刺した。

「だが……」

「私は本当に大丈夫だから」

フレイアが力なく笑うと、ハロルドは後ろ髪を引かれる思いで、部屋を出ていった。

フレイアはその後ろ姿を黙って見送った。

これ以上ハロルドと一緒にいたら、頼ってしまいそうな自分が嫌だった。

故郷に帰ると言っているハロルドに迷惑もかけたくない。

唇が熱くて、腫れぼったくて、思わず手をやる。

甘さも、優しさも、何もないファーストキスだった。

(どうして、今さら……)

やり直しを提案されたが、拒否したはずだ。あれほど自分を蔑み毛嫌いしていた王太子が、何故今になってこんなに執着してくるのか、フレイアにはどうしても理解できなかった。

(疲れた……。今日はもう、何も考えたくない……)

疲れ切ったフレイアは目を閉じ、深い眠りについた。

翌朝、フレイアは意外にもすっきり目覚めた。

結局くよくよ考えても仕方がないのだ。まず今は、今できる最善のことをしなくてはならない。

そう思い立ったフレイアは、扉の前に控えていたハロルドを呼んだ。

昨夜眠れなかったのだろうハロルドは、目の下に酷い隈をつくっている。

そんな彼に、フレイアは意を決して告げた。

「ハル……、今日中にアッザムを離れて」

ハロルドが弾かれたように目を大きく見開く。

「何故……」

「元々帰国すると言っていたでしょう？　それなら身元が知れる前に一刻も早く帰国した方がいいわ。もし貴方がタンタル王子だと露見すれば、国同士の問題にも発展するのよ？」

そんなフレイアの言葉に、ハロルドはニッコリ笑った。

「その時は、俺の命を投げ出してやる。俺とタンタルを繋ぐ証拠なんてないんだし、フレイアにもサイラスにも絶対に迷惑はかけない」

「馬鹿なことを言わないで！　そうやって命を軽く扱う人は大嫌い！」

叫ぶように声を上げたフレイアに、ハロルドは口を噤んだ。

「……冗談だよフレイア。もしもの話をしただけだ」

ばつが悪そうに首をすくめたハロルドに、フレイアは今にも泣き出しそうな顔で言った。

「冗談でもそんな話しないで、ハル」

セレンが本気でハロルドの身元調査に乗り出せば、いずれ、タンタル王子であることが露見するだろう。探られる前に、早くハロルドにはテルルを出てほしい。

「テルル王太子妃として、護衛騎士ハロルドに命令します。明日、アルゴンへ向かう商人の一行があるわ。貴方は今日中に王宮を出てその一行に合流し、アルゴン伝いにタンタルに帰りなさい」

「しかし……！」

「私は今まで、ずっとハルに助けられてきたわ。王宮から連れ出して息抜きさせてくれたり、いっぱい笑わせてくれたり、ハルといると、私は私自身でいられたの。でも一方で、貴方の存在は殿下を苛立たせるの」

「それは、アイツが……」

「私に疚《やま》しいところは何もないわ。でも、夫に対して誠実だとも言えない。たしかに酷いことをされたし傷ついたけど、殿下をあそこまで追い詰めた私にも非はある。ハルという秘密を抱え続ければ、きっと、うしろめたいままだと思うの」

フレイアの言葉に、ハロルドは酷く傷ついた顔をした。

「それは……、あの男とやり直すと言うことか？　俺は……、邪魔か？」

ハロルドの黒曜石のような瞳が揺れ、それと同時にフレイアの胸に鈍い痛みが走った。

「やり直すとかじゃないわ……。だって殿下と私は紛れもない夫婦なのだから……」

本当はハロルドを国に帰したくなんかない。これまで、この息が詰まりそうな王宮で頑張ってこられたのは、彼の笑顔と明るさに癒されてきたからだ。

でも……、だからこそ、これ以上彼を巻き込みたくはない。

セレンにタンタルの王太子の話をされた時、息が止まりそうになった。

王太子とハロルドは両親とも同じ兄弟で、よく似ているというのはフレイアも知っている。

もし、ハロルドがタンタルの王子だということがセレンに知られてしまえば……

「私を想ってくれるなら、お願いだから私の言うことを聞いて。これは夫婦の問題であり、テルルとアルゴンの問題なの。タンタル王子である貴方を巻き込みたくないし、貴方はお兄様の要請通り、すぐに国に帰るべきよ」

「夫婦の問題……」

ハロルドはそう呟くと、力なく笑った。

フレイアはあえてハロルドが傷つくような言葉を選んだ。

ハロルドには一刻も早くテルルを出ていってほしいから。

だってもし……、あの、逆上してフレイアを押さえつけたセレンの怒りがハロルドに向いたら？

「また……、あの男が君に乱暴したりしたら……」

フレイアは静かに首を横に振る。たしかにあの時のセレンは乱暴で、自ら『白い結婚』を告げた妻に対しては一方的な振る舞いだった。

でも、彼にあんな態度をとらせてしまったのは自分にも非があるのだ。

「乱暴ではないわ、ハル。私たちは夫婦なのだから。昨夜は突然で驚いてしまったけど、殿下は嫉妬でカッとなってしまったのよ」

よくこんなに饒舌になれるものだと、我ながら感心してしまう。

『嫉妬』だなどと、まるで本当の夫婦のようではないか。

「嘘だ、フレイア。俺はそんなこと……」

「殿下もやっと私を妻として見てくれたんだと思うの。だからハル……、お願いだから。

今夜にも、王宮を離れて」

ハロルドは唇を噛み、黙って俯いた。

その夜、筆頭護衛騎士ジュリアンにのみ挨拶し、ハロルドは王宮を出た。

アルゴンのサイラス王太子による急な帰国命令という説明を用意してある。

フレイアはそれを、侍従を通じて王太子に報告したが、セレンは、侍従の報告を聞いても微動だにしなかった。


ハロルドが去った日から、フレイアはしばらく部屋に引きこもった。

あんなに毎日通っていた剣や弓の稽古、それから厨房にも顔を出さない。

幸いどうしても行かなくてはいけないような公務もなかった。

もちろん、セレンとの晩餐も途絶えたままだ。

「姫様、また届いてますよ」

メアリが大きな花束を抱え、部屋に入ってきた。

ベッドの上でゴロゴロしているフレイアを、呆れたような顔で眺めている。

あれから、毎日セレンから花が届く。

晩餐も公務も無理に誘ってこないところを見ると、彼自身顔を合わせづらいのだろう。

外は青空だ。窓を開ければ気持ちのいい風が吹き込んでくるだろう。

「そろそろ外に出られてはいかがですか？　姫様」

そう言ってきたソラリスに、フレイアは「このまま残りの一年こもってるわけにいかないかしら？」と戯《おど》けたように笑う。

あれから、何日経ったのだろう。フレイアは天井の装飾を見上げ、ため息をついた。

ハロルドは無事タンタルに帰れただろうか。


一方セレンは、あの日のことを思い出すたび頭を抱えた。

どうかしていた。寄り添っている二人を見て、頭に血が上り、どうしようもなく腹が立ったのだ。

そんな資格は、もう自分にはないとうにわかっているのに。

「泣いていたな……」

ポツリと呟き、またため息をつく。

力任せに押さえつけ、無理矢理唇を奪ってしまった。

あのままことを進めていたら、彼女は本当に死を選んでいたかもしれない。

今さらながら、自分の身勝手さに反吐が出る。

（今さら……、気づくなんてな）

笑顔が見たい、触れたい、独占したい。

この気持ちに名前をつけるなら、それは『恋』なのだろう。

思えば、自分はなんて滑稽な男なのだろう。自分の浅はかさから蔑み虐げてきたはずの妃に、いつの間にか惹かれ、恋い慕っていた。やっと時々笑顔が見られ、穏やかな時間を過ごせるようになっていたのに、また自分から壊してしまったのだ。

（本当に、救いようのない愚か者だな……）

セレンは薄く嗤うと、ゆっくりと立ち上がった。

元気だったフレイアはもう何日も部屋にこもっている。今度こそ、取り返しのつかないことをしてしまったのだ。

廊下を歩きながら窓の外を見ると、青空が広がり、爽やかな陽気だ。

騎士たちが剣の稽古をする姿も見られるが、そこに妃の姿はない。

フレイアの部屋の前に着くと、彼女の護衛騎士が扉の前に立っていて、まるで射殺すかのような視線をこちらに投げてくる。ハロルド以外の騎士は全てテルル側の人間なのだから、以前のセレンならそれだけで不敬だと感じただろう。

だが、今のセレンはただ無表情に見返すだけだった。

あの……、妃の涙を見た瞬間、憑き物が落ちたかのように、冷静になった。

そして今や……、いや、あの『白い結婚』を言い出した時からずっと、自分は彼女を苦しめる存在でしかなかったことを理解した。

あとは、綺麗に別れてやることだけが彼女の気持ちに沿うことなのかもしれない。

だが……、その前に、せめて一度だけでも、偽らざる本心を口にしてもいいだろうか。

「妃に取りついでもらえないだろうか。例の、条件について話に来たと……」

そう告げると、騎士は怒りを抑えるように唇を噛み、中の侍女に取りついだ。

少し待つと戻ってきて、「執務室に伺うのでお待ちくださいとのことです」と伝言を伝える。

もう部屋には通してもらえないのか……、と考えもしたが、当然のことと、自分を納得させた。


執務室でしばらく待っていると、フレイアがやってきた。護衛騎士のジュリアンを扉の外に残して一人で部屋に入ってきた妃は、思いの外スッキリとした表情をしている。

ずっと部屋にこもっていたようだが、心配していたほど憔悴した感じも見受けられない。

フレイアはテーブルを挟んでセレンの向かい側に座ると、真っ直ぐに彼を見つめた。

「先日は申し訳ありませんでした、殿下」

そう先に口を開いたのは、フレイアの方だった。

「私の方こそ。無体なことをしてすまなかった」

セレンはそう言うと、頭を下げた。

王太子として人に頭を下げるなどあり得なかった男が、頭を下げたのだ。

フレイアは恐縮するように、軽く首を横に振り返した。セレンは知るよしもないことだが、フレイアがここに来た一番の理由は、ハロルドを去らせた言い訳のためだ。

正直、ここに来るまでは怒りの方が強かった。

そもそも『白い結婚』を言い出したのは王太子の方なのに、それを忘れたかのように押さえつけられ、乱暴されそうになったのは怖かった。でも、ハロルドと二人きりでいたことは事実だし、浅はかであったと自分でも思っている。

そしてそれ以上に、フレイアにはセレンに対して大きな秘密がある。

王太子は真摯《しんし》に自分の非を認めて謝ってくれた。だから自分も、秘密を抱えたままではフェアじゃないと、フレイアは思う。

フレイアは目を閉じ、大きく息を吐いた。そして再び目を開くと、真っ直ぐにセレンを見つめた。

「私は、殿下に懺悔《ざんげ》しなければならないことがあります」

「懺悔《ざんげ》……？」

少しの間首を傾げたセレンは、だがすぐに思い当たったように薄く笑った。

「ああ、例の護衛騎士のことか……。帰国させたことは侍従に聞いたが」

「はい。殿下には事後報告になりましたが、私の騎士として、私の独断で国に帰しました」

――『私の騎士』か、セレンは内心で呟いた。

あの、二人きりで図書館の資料室にいた姿を思い出し、苦いものがこみ上げてくる。

あの後すぐに幼馴染だという護衛騎士を逃したところを見ると、彼女は夫に彼を害されるとでも思ったのだろう。

それとも、騎士の方が夫を害するとでも思ったのだろうか。

（たしかにあの騎士が私を見る目は、殺気を孕《はら》んでいた）

黙ってしまったセレンを前に、フレイアは何か覚悟を決めたように唇を噛んだ。

「ただ……、懺悔《ざんげ》とは、そのことではありません」

セレンはわからないというように目線を上げた。そして、続くフレイアの言葉に目を見開いた。

「ハロルドはアルゴンの貴族ではありません。タンタルの第五王子なのです」

「……何？」

「今まで黙っていて、申し訳ありませんでした」

フレイアは深く頭を下げたが、さすがに聞き捨てならない。あの男が一介の騎士ではなく、王子……、しかも、アルゴンではなくタンタルの王子だったなどと。

タンタルとテルルも友好関係にあるはずで、何かを探られるような謂れはない。

「……タンタルの王子が身分を偽り、勝手に入国していたということか？　あの男は密偵だったのか？　タンタルは、一体何を探りに来た？」

問うてくるセレンに、フレイアは淡々と返した。

「タンタル王家はハロルドの動向を知らず、彼の件には全く関わりはありません。ハロルドをアルゴンの騎士に仕立てて送り込んだのは、我が兄サイラスです」

「……何故、サイラス殿が」

「ハロルドが兄の親友で、私の幼馴染であることは事実です。私を溺愛する兄は、一番信頼できる人間を私のそばに送り込んだのです。そこには、極個人的理由しかなく、国も、政治も、何も関係ありません」

「……それを、信じろと申すか？　私は騙されていた、密偵を送られたと、アルゴンやタンタルを攻めることもできるのだぞ？」

「信じる信じないは殿下の自由です。しかしながら、私の証言だけでハロルドがタンタル王子だと立証するのは難しいでしょう。兄も、認めるわけがありません」

王太子妃の護衛騎士がタンタル王子だったなど、立証する術《すべ》は全くない。

全てはフレイアの証言のみ。しかもその騎士はすでにテルルを離れている。

すでにいないタンタル王子が密かにテルルの王太子妃のそばに潜り込んでいたなどと、下手に抗議などしようものなら、逆に恥をかくだけだろう。他国の王子を疑いもせずに妃の護衛騎士に雇っていたと国の内外に知られれば、テルルの危機管理能力を疑われることは必至だ。

「だが……、勝手に密偵を逃したと、そなたを罪に問うことはできる。そなたはまだ、アルゴン王女である前にテルルの王太子妃なのだから」

睨むように告げたセレンに、フレイアは穏やかな笑みを浮かべた。

「罪……、ですか。証拠は何もないのに？」

「ずいぶん……、侮《あなど》ってくれたものだな……」

セレンは冷ややかに笑い、フレイアを見た。

「だいたい何故今さらそのようなことを私に話した？　黙っていればわからぬことを……」

たしかにこのまま永遠に闇に葬れた秘密かもしれない。

だが、探られ、暴かれていたかもしれない。

テルルを出たハロルドはもうタンタルの王宮に着いただろう。

だからフレイアは、あえて自分から話すことを選んだ。

「多分……、自分が楽になりたかっただけだと思います。罪悪感を抱えたまま、この国を離れるのは嫌だったから。自分のためです」

そう言うとフレイアは、まるで自らを嘲笑うような笑みを浮かべた。

そんな彼女を見ていたセレンもまた、皮肉気に笑う。

「国に帰ったらあの男と再婚でもするつもりか？」

「まさか。離婚された女を引き取ってもらうなど、タンタルの王子が哀れすぎます」

フレイアはさらに自嘲する。

その顔がまるでいなくなった男への悔恨と追慕のようにも見え、セレンは眉をひそめた。

「……やはり、あの男は情人だったということか」

思わず口をついて出たのは、寒々しい皮肉だった。

この期に及んでこんな言葉しか出ない自分に辟易するが、案の定、フレイアは表情をなくした。

「ハロルドとは決してそのような疚《やま》しい関係ではありません。彼をそんな汚《けが》らわしい言葉で表さないでください」

「汚《けが》らわしい、か……」

ある意味、『好きだ』と告白されるより応える言葉だ。

セレンは冷めた目でフレイアを見た。そのセレンをフレイアは真っ直ぐに見返してくる。

「ハロルドは王宮に軟禁状態だった私を連れ出し、塞ぎそうになるところを明るく励ましてくれました。私は、ハロルドの存在があったからこの二年間頑張れた。それを罪とおっしゃるなら、私はいかなる罰もお受け致します」

「ほう……、罰を？」

「ええ。私の心は私だけのもの。けれどお望みなら、心以外の全てを殿下に差し出しましょう。それが潔白の証にもなると存じます」

あの日、フレイアは貞操の危機に怯え、セレンを嫌悪した。

だが今、あの男の潔白の証になるなら、それさえも厭わないとまで思いつめている。

そんなフレイアに、セレンは息を呑んだ。

体さえ清らかなら、証になると思っている。

正直、小賢しい女だと思う。

あれほど拒否しておきながら、あの男を守るためなら己を差し出すというのか。

心以外の全てを。

この清々しいほどに純真無垢なお姫様は、自分が一体どれほど残酷にセレンの心を切り裂いているかなど、きっと永遠にわからないのだろう。

セレンは一つ、ため息をつくとなんの脈略もなくこう言った。

「フレイア……。フレイアというのは、愛と美の女神の名前だそうだな」

彼女の兄サイラスが訪問の折、そう言っていたのを思い出す。

「フレイア、私はそなたに惹かれている」

フレイアが弾かれたようにセレンを見た。

「私はいつの間にか、そなたを好いていたようだ」

「殿下……」

フレイアは困ったように眉根を寄せ、それを見たセレンは、自嘲気味に笑った。

こんな簡単な言葉すら、ずっと伝えられずにいたのだから。

いつから惹かれていたのかと問われれば、おそらく最初の頃からなのだろう。

蔑み、罵りながらも、彼女が気になって仕方なかった。

惹かれていく気持ちを、国に役立つという言葉に変換しようとしていた。

いつもそば近くに控え、彼女に笑顔を向けられる幼馴染の騎士に深く嫉妬していた。

だが今やもう、どうでもいいことだ。

あの騎士は去ったし、タンタル王子である証拠など出てこないであろう。

そして、白い結婚を宣言しながら無理矢理破ろうとした男に、彼女の心が向くことは金輪際ない。

それでも別れを前に、一度だけでも、偽らざる本心を告げたかったのだ。

戸惑うフレイアに、セレンは笑みを浮かべた。

「勘違いしないでくれ。もうやり直したいなどとは言わない」

眉根を寄せ、見返してくるフレイアに、セレンが頷く。人の心は複雑だ。一度失ってしまった恋心が、好意を向けられたからといって蘇ってくるはずもない。

一方で、フレイアもまた、なんとも言えない奇妙な感覚を覚えていた。

会えなかった十年間、ずっと、恋い焦がれていた。

会ってからは、罵られ、蔑まれ、酷い態度に心を折られた。

ベッドに押し倒され、襲われそうになった時は、憎みさえした。

けれど今……、その、どちらでもない穏やかな気持ちで彼と相対している。

「……それでは、離婚についての話をしよう」

セレンがぽつりと切り出した。

「え……？」

驚くフレイアをよそに、セレンは懐から紙を取り出す。

「私たちの、離婚の話をするんだよ、フレイア」

「まず条件の話だが、全面的にそなたの要求を呑もう。ただ、離婚理由は『妃の病』だ。幸い今回の視察旅行はそなたの故郷アルゴンとの国境近くまで行く。その途中でそなたは病を得、そのまま故郷へ戻って養生するが一年を過ぎても回復しなかったことから、止むを得ず離婚することとする」

つらつらと話す内容は、あの夜からセレンが考えていた離婚理由だった。

だが、突然淡々と語り始めたセレンに、フレイアは驚いた様子だった。

「……私の、病？」

「こちらに都合がいいように言っているのは理解している。そもそも今回の離婚は私の愚かさが原因だというのに、そなたに理由を押し付けるなど」

「それはいいのです。私はテルルとアルゴンの友好関係を維持したいのですから」

国同士が友好関係にあり王太子妃がテルルの民に慕われている今、嫁いですぐに王太子が妃に『三年後の離婚』と『白い結婚』を突きつけていたなど、公にできるわけもない。下手をすれば国際問題に発展する。

結局愚かな自分は、離婚理由は自分でいいと言うフレイアの寛大な心に縋るしかないのだ。

それを思えば、アルゴンの王太子が溺愛する妹のそばに幼馴染であるタンタル王子を送り込んだなどという暴露話など、些細なことにさえ思える。

だが……、それにしても、妃が子供のできない体だと公表するのだけは嫌だった。

「一年後ではなく、すぐにアルゴンに帰してもらえるのですか……？」

「おそらく、私は近いうちに即位することになるだろう。その時にそなたがいれば、王妃として傍らに立つ必要が生じる」

「だから、即位する前の別居を？」

フレイアの質問に、セレンが大きく頷く。

国王である父の容態からして、セレンの即位は近い。当然その時はフレイアも王妃となるわけだが、いざ王妃として立ってしまえば、離婚するのは今よりもずっと難しくなるだろう。

「であるならば一年後と言わず、すぐにでも新たに正妃を立てては？」

「いや……」

国王に即位する時、おそらくセレンは一人で即位式に臨むことになる。

そこに、新しい王妃を迎えることは、しばらくないだろう。

国民から人気の妃と、病を得たからという理由だけで別れるなど相当に非難を浴びるだろうし、すぐに他の正妃を立てるのもまた然りだ。そしてそれも全て、自分の蒔いた種。

「一人で立ち、そなたに恥じない国王になりたいと思う」

そう言うセレンに、フレイアは驚いた様子だった。

「今日より一年後、離婚するとしよう。離婚成立後、ビスマス領は慰謝料の代わりに譲渡することとする。今度の視察旅行にはビスマスも加えよう」

セレンが差し出してきた紙は、離婚と慰謝料についての誓約書だった。

『一、妃が病を得たため、婚姻を解消し、妃フレイアはアルゴンに帰ることとする。慰謝料として、天領ビスマスを自治領として認め、フレイアが統治する。フレイアが回復するまでは、アルゴン側から領主代理を派遣する。
二、テネシン山は元よりアルゴン領であり、今後も侵略などなきよう、広く国民に周知させる。

三、フレイアの興したシルクブランドの権利はその経営権も含め全てフレイアに帰属する』
それは、全てフレイアの提示した条件を満たしたものであり、彼女が去った後のことを思えば、セレンにとっては厳しい状況に置かれることを意味する。

離婚理由が妃の病と言えば、あらゆる憶測を呼び、非難を浴びることだろう。

再び国民の信頼を取り戻すには、血を吐くような努力が必要かもしれない。

しかしセレンは、そうすることでしか贖罪の気持ちを表せない。

『その瞳を曇らせることなく物事をご覧くださいませ』

先日フレイアはそう言った。

曇った瞳で見ていたからこそ、今こうして頼もしい伴侶となり得た女性を失おうとしている。

瞳を曇らせることなく、自分の目で見て、自分の頭で考える。

それこそが、国民の信頼を取り戻すことに繋がり、彼女への贖罪にも繋がると、セレンは思う。

「そなたが去った後も、そなたが手がけた慈善事業は引き続き保護していくと約束する。また、女子教育についても、必ず力を尽くすと約束しよう」

そう言うと、セレンは顔を上げ、微かに笑った。

一方のフレイアは、セレンに対して未《いま》だ戸惑いを感じていた。

初対面であれほど蔑み、罵ってきた相手だ。

しかしまた、幼い頃からずっと恋い慕ってきた相手でもある。

その相手が今、穏やかな目を自分に向けている。

静かに離婚について話をし、自分を気遣う言葉さえ向けてくる。

（せめてこの十分の一の優しさでいいから、最初に見せてくれていたら……）

フレイアはそれがあり得なかった二年前を思い出し、静かに目を閉じた。

初恋相手に嫁いだフレイアは、彼の愛情を期待しすぎていたきらいがあるが、それでも、あそこまで毛嫌いされていなければ、結婚を維持するための努力はしたと思う。

王太子自身も政略結婚と割り切り、僅かでも隣国から嫁いできた王女と尊重してくれていれば、たとえ冷たい結婚ではあっても、お互いを理解し、同じ方向を向いて歩くことはできただろう。

先日セレンは、『三年後の離婚』と『白い結婚』を撤回したいと言った。

今フレイアが譲歩し、この二年間の出来事を胸にしまい込めば、きっと本来の政略結婚の意味は果たせる。そもそもこの結婚は政略結婚であって、最初から『恋』の介在など不要なのだから。

そこに『恋』を持ち込んだのは、他ならぬ自分だ。

そして今夫は、自分を見てくれている。

全て誤解だったと謝ってくれた。

『好いている』と言ってくれた。

だから今までのことは全て忘れて、あの頃の、ただ真っ直ぐに王太子に恋していた自分に戻りさえすれば、全て上手くいくのだろうか？

でも、違う。

セレンも変わったかもしれないが、自分だって変わったのだ。

瞳を開き、真っ直ぐに前を向く。

そこには、真摯《しんし》に自分を見つめるセレンの顔があった。

「フレイア、署名を」

ペンを差し出し、セレンは笑った。

それは、二年前にあの『白い結婚』のサインを求めてきたのと同じ人物とは到底思えぬほど、爽やかな笑顔であった。

第三章　反乱

暗い森の中、王太子夫妻が乗る豪華な馬車は、テルルの東に位置するニオブ地方に向かって走っていた。

アルゴンとの国境に接しているニオブ地方を回った後、天領ビスマスを回る視察旅行である。

セレンの計画では、ビスマス領の視察中に妃が病を得、静養のために彼女を残したまま、王太子のみが王都に戻ることになっている。

そのまま数日静養しても完治しないため、しばらく故郷で静養させることになるという筋書きだ。

ニオブ地方へは片道二日間かかるため、昨夜はホテルで一泊した。

王宮同様、二人はドア続きの部屋に泊まったが、当然そのドアが使われることはなかった。

途中の町々では、馬車の窓を開け放って笑顔で手を振る王太子夫妻に民は皆熱狂した。

笑顔を振りまき、緊張の一夜を過ごしたフレイアは、今やすっかり疲れ切っている。加えて何時間も狭い馬車に王太子と向かい合って座っているこの状況もまた、彼女を疲れさせていた。

「少し、眠ったらどうだ？　私の肩にもたれるといい」

セレンがそう言って立ち上がろうとしたが、フレイアは「いいえ、大丈夫です」と曖昧に笑った。

そんな妻を見て、セレンは苦笑しながら呟く。

「そんな顔をするな。もう二度とこの前のようなことはせぬ」

何をしても、何を願っても、もう妻の気持ちが自分に向かないのはわかっている。自嘲気味に微笑む夫に、フレイアは僅かに頷いた。

「ありがとうございます。でも、本当に大丈夫です……」

「そうか。まぁ、この森を抜けてもう少し走れば離宮に着くだろう」

セレンは馬車の窓にかけられたカーテンを僅かに持ち上げ、外に目をやる。今夜はニオブにある離宮に泊まる予定だが、途中の視察が長引いて、もうすっかり暗くなってしまった。

「……それにしても、今、王都を離れてもよかったのですか？」

このなんとも言えない空気を変えたくて、フレイアはセレンにたずねた。

セレンの即位が近いとはいえ、未《いま》だにアキテーク公クリスを推す者はいる。しかもそれは、クリスに嫡男が生まれたため、俄然勢いづいているのではないかとも思われる。

だがセレンは存外穏やかな目で、「兄上なら自領に戻っているし、密かに監視もつけている」と言った。

「でも……」

フレイアが言葉を続けようとしたその時、馬車がガタン！　と大きく揺れた。

「何事だ！」

セレンが叫ぶと同時に馬車の扉が乱暴に開けられ、セレンの側近が飛び込んできた。

「敵襲です、殿下！　行列の先の騎士が射られました！」

セレンが立ち上がろうとするのを、側近が押し留める。

「先頭で斬り合いが始まっています。敵は暗い中、闇雲に矢を放っているようです。馬車では目立って的になります故、お二人とも馬で逃げていただきます！」

「逃げるなど……！　して、敵は誰だ……？」

「まだわかりませんが、目立たぬように終わらせたいのでしょう、数は然程《さほど》でもありません。野盗の類かもしれませんし、殿下のお命を狙った闇討ちかもしれません！」

「闇討ち！　まさか……」

（兄上か？）

セレンはその言葉を呑み込んだ。

「まずは離宮に早馬を飛ばして援軍を要請しろ。それから、妃と侍女を逃がせ。私が狙いなら、女たちを深追いすることはあるまい」

敵の来襲に対して王太子が一番先に逃げ出すなど、そんな恥ずかしいことはできない。

「私はここに残る。フレイア、そなたは……」

妃を振り返り、セレンは絶句した。

見れば、フレイアはテキパキと重いドレスを脱ぎ放ち、女性騎士へと変身している最中だった。

どうやらいつの間にか侍女が来て、フレイアに着替えをさせていたらしい。

驚いた側近は慌てて馬車の扉を閉め、残されたセレンは初めて見る妃の下着姿に目眩を覚えそうになった。

しかしそんなことを全く気にもしていないフレイアは、自分の女性用の外套《がいとう》をセレンに押し付けると、「さぁ殿下。これを羽織ってください」と言い放った。

「…………は？」

「呆けている時間はございません！　さぁ殿下、お早く！」

「待てフレイア！　この状況で、私に女装して逃げろと申すか？」

「問答している時間もございません！」

「何を申す！　王太子である私が逃げるなど、末代までの恥！」

「騎士たちは皆、殿下をお守りするために命をかけて戦っているのです！　狙いが殿下のお命であるならば、殿下が無事であることこそ大事！　離宮に向かい、態勢を整えてくださいませ！」

外では斬り合いの音が近づいてきている。矢も時々馬車の屋根に当たっているようだ。

フレイアは扉を開けると、「ノエル、精鋭の騎士をつけて殿下を離宮までお守りして！」と先程の側近に指示を出し、馬車を降り立った。そうして騎士の一人が準備した馬に、ヒラリと跨《また》がる。

すると、まるで待ち構えていたように、馬に乗った騎士がフレイアに寄り添った。

驚いたことに、その騎士は国に帰ったはずのハロルドだった。

「ハル!?　一体何故……！」

「問答している暇はありません！」

動揺もつかの間、頷いたフレイアはハロルドに向かい、「行列の先頭に向かう！」と告げた。

そしてセレンを振り返ると極上の笑みを見せた。

「殿下、どうかご無事で。離宮でお会いしましょう」

「待て、フレイア」

華麗に踵《きびす》を返し、フレイアが去っていく。その方向は離宮ではなく、行列の先に向かっている。

「あの……、お転婆妃が……!」

セレンは一瞬悔しげに唇を噛んだが、諦めたように、乱暴に女性用の外套《がいとう》を被った。

屋根からパチパチと音が聞こえる。どうやら敵は馬車に火矢を放ったようだ。

「逃げるぞ。離宮へ向かい、態勢を立て直す!」

セレンは馬に跨《また》がると、護衛騎士数名を連れて真っ直ぐに離宮を目指した。


セレンが去った後、馬車は炎に包まれた。

侍女たちは騎士たちに守られて逃げたが、敵がそれを追う気配はない。やはり狙いは王太子ということなのだろう。

行列の先頭付近に来ると、フレイアは馬から飛び下り、木の陰に身を潜めた。

「矢を射る者は二人ね？　ハル、ソラリス、援護を」

暗闇で矢を放つ者の姿は見えないが、フレイアは矢が飛んでくる方向へ意識を集中させた。

次々に飛んでくる矢はハロルドとソラリスが器用に払っており、剣を持って襲ってくる敵も、ジュリアンたち護衛騎士が華麗な剣さばきであっという間に倒している。

灯りは全て消してあるため今明るいのは燃え盛る馬車のみで、そこから離れさえすれば弓を持つ敵からもこちらの姿は容易には見えないはずだ。

矢をつがえ、フレイアが放つ。

何度目かに「ギャッ」と叫び声が聞こえ、バサバサと木の枝が折れ、物が落ちるような音がした。

致命傷に至ったのかはわからないが、どこかに当たったのは間違いないだろう。

「お見事！」

フレイアの周りの敵を倒しながら、ハロルドが明るい声で叫んだ。

こんな緊迫した場面で、しかも暗闇なのに、ハロルドの笑顔が目に浮かぶようだ。

「ハルはどこでも楽しそうね」

皮肉を込めて言ったつもりだが、ハロルドは明るく笑った。

「フレイアを守って死ねるなら本望だ！」

「死ぬなんて馬鹿なこと言わないで！」

(ハルだけじゃない、一人も死なせるわけにはいかない……)

　フレイアは続けて矢を放ち、もう一人の射手も落とした。

　弓を背中に戻すと、今度は剣を抜き、向かってくる敵に立ち向かう。当然ジュリアンたち護衛騎士もフレイアの周りを固めてはいるが、戦う王太子妃は味方の騎士たちの士気を存分に盛り上げた。

「妃殿下！」

駆け寄ってきたのは、今回の視察旅行を指揮していた親衛隊長だ。

「斬り合いはカタがつきました。わざと数名逃がし、兵に追わせています！」

「ご苦労でした。……味方の損失は？」

「確認はまだですが、死者が数名……、深傷《ふかで》を負った者はかなりいるようです」

死者がいると聞き、フレイアは唇を噛んだ。

「……そうですか。殿下は無事に離宮へ着いたかしら」

嫌がるセレンを無理矢理逃したが、あれは正しい判断だったと思っている。

「おそらく逃げおおせたのではないかと。そろそろ、離宮に到着された頃でしょう」

「そうね、ご無事だと信じましょう。では親衛隊長、離宮からの援軍が到着次第重傷者から避難を」

フレイアはそう言って親衛隊長に背を向けると、戦闘が激しかった先の方へ進んだ。

死者の前にしゃがみ込み、指を組み、黙祷《もくとう》する。そして立ち上がると、倒れている者、血を流している者に駆け寄り、自ら布を巻いたり肩を貸したりし始めた。

やがてこの森一帯を領している領主の兵が到着すると、彼らに後のことは任せ、フレイアは少し離れた茂みの中に入っていった。

――緊張の糸が切れ、鉛のように体が重い。体が震え、涙が今にも溢れそうだ。

いくら剣術に長けているとはいえ実戦は初めてのことで、怖かったし、辛かった。

亡くなった兵、深傷《ふかで》を負った兵を前にして、何もできない自分が歯痒かった。

ふらふらして倒れこみそうになった時、誰かが後ろからその腕を掴んだ。

そしてまるで抱きしめられるように、ふわりと肩に手を回される。

「ハル……」

振り返らなくてもわかる。彼女にこんなことができるのはハロルドだけだ。

「大丈夫か？　フレイア」

ハロルドの腕が力強くフレイアを抱きしめる。強がっていても、まだ十八歳の少女なのだ。

でも……、その温かさにホッとしても、今その腕に縋ることはできない。

「離して……、ハル……」

「……フレイア」

「お願い……、誰かに見られるわ」

皆が忙しく動き回っている場所からは離れているが、誰かの目につかないとも限らない。

ハロルドは名残惜しそうにフレイアの体を離し、二歩、後ろに下がった。

「私たちを守ろうとした兵が死んだわ、ハル」

「ああ」

「私たち王族は、こうして命がけで守ってくれる民に生かされていることを、忘れてはいけないのよね」

「そうだね……」

フレイアの肩が震えている。ハロルドは再び抱きしめたい衝動を抑え込み、拳を握った。

「アキテーク公……、なのかしら……」

今王太子が視察旅行で王都を離れ、ニオブ地方に向かっているのは国民のほとんどが知る事実だ。

もし野盗の襲撃に見せかけてセレンを亡き者にしようとしたなら、真っ先に疑われるのは第一王子であるアキテーク公クリスだろう。

筋書きがお粗末すぎるのだ。

「ところで……、どうしてハルはここにいるの？」

ハロルドは故郷に帰したはずだった。

それなのに王太子一行が襲われた途端颯爽とあらわれ、フレイアを守ってくれたのだ。

「何故戻ってきたの？」

フレイアにたずねられ、ハロルドはまるで悪戯が見つかったような顔をした。

「戻ったと言うより……、アッザムを離れなかった。フレイアが王宮を出てからも、ずっとついてきてたんだ」

「最初から……、帰るつもりなんてなかったの？」

フレイアが呆れたようにハロルドを見る。

「いずれは帰るさ。でも、それは今じゃない。俺はフレイアを守るためにテルルに潜り込んだんだ」

ハロルドの目に迷いはない。

けれど、フレイアは首を横に振った。

「ハル……、私、貴方が去ってから貴方がタンタルの王子だと殿下に話したわ。だから、貴方を護衛騎士に戻すことはできないし、一緒に連れていくこともできない。でも、貴方の姿はすでに殿下をはじめ多くの人間が目撃してる。だから貴方は、今すぐここを離れてタンタルに帰るべきよ」

「嫌だ。俺は君のそばを離れない」

「貴方、前から思ってたけどまるで駄々っ子みたいね。この非常時に、タンタル王子を離宮に連れていけるわけないでしょ？　密偵の容疑をかけられて、身柄を拘束されるわよ？　下手したらテルル、タンタル、アルゴンの三国で戦になるわ」

「誰が離宮に連れていけと言った？　拘束なんてされたら君を守れない」

「ハル……、これは身内の争いだわ。タンタル王子である貴方には関係ないの。お願いだから貴方はタンタルに逃げて」

フレイアの目は真剣だ。タンタルの王子であるハロルドをテルルの内乱に巻き込みたくはない。

だというのにハロルドは思いきり顰めっ面をすると、「今、君のそばを離れるわけがないだろう？」と言った。

「俺は俺のやり方で君を守る。俺の命にかえても、君だけは守るよ、フレイア」

わかっていた。今こんな時に、ハロルドがフレイアを見捨てて去るわけがないということは。

林の向こうからフレイアを呼ぶ声が聞こえる。きっと誰かが捜しているのだろう。

「とにかく君は離宮に引き上げろ。俺はしばらく騎士たちに紛れて君を見守る」

「ハル！」

柔らかく微笑むと、ハロルドはフレイアに背を向けた。


セレンに合流するため、フレイアは親衛隊を率いて離宮を目指した。

敵がわからない今、離宮も安全とは言えないため、元騎士のソラリスを除く侍女たちは全て近隣の領主を頼るよう指示を出してある。

闇に紛れてしばらく森を進むと、背後から追いかけてきて、声をかける者があった。すわ敵かと身構えたが、追いついてきたのはセレンの護衛騎士の一人であった。

騎士はフレイアの前で馬を下りて跪《ひざまず》くと、焦った様子で注進した。

「妃殿下！　離宮に向かってはなりません！　クーデターでございます！」

（クーデター……？）

フレイアが絶句している間に、騎士は報告を続ける。

「近隣を探りに行った者が、兵が離宮に向かっていると言って引き返してきました。その数およそ二千。おそらく、森での襲撃が失敗した時のために第二の攻撃を準備していたのでしょう」

「離宮ですって？　……殿下は!?」

一瞬のうちに気を取り直し、馬上からフレイアはたずねた。

セレンは少数の騎士だけを連れて離宮に向かったはずだ。

途中で二千の兵と出くわしたりすれば、おそらくひとたまりもないだろう。

「殿下は離宮に着き次第この報告を受け、近隣の領主らに使いをやりました。兵を率い、急ぎ東の砦に向かったとのことです」

騎士の言葉を聞き、ひとまず安堵《あんど》する。アルゴンとの国境に築かれた東の砦は堅固な要塞である。

砦に常駐する兵と離宮に常駐する兵、近隣の領主の兵、そして親衛隊の一部を合わせても到底二千には及ばないだろうが、セレンは東の砦で籠城するつもりなのだろう。

「それで、敵は？　わかったの？」

「おそらく……、ドウェイン公爵をはじめとする第一王子派かと」

「そう……、馬鹿ね」

ドウェイン公爵はアキテーク公クリスの夫人サーシャの実父で、第一王子派の頭目である。

おそらく、王都から遠く離れた地で野盗を装い王太子を亡き者にするつもりだったのだろうが、失敗してクーデターに切り替えたのだろう。

果たしてこんな汚いやり方が国民に受け入れられるとでも思っているのだろうか。

勝てば何事も許されるとでも？

「……わかりました。私も東の砦に向かいます」

フレイアの言葉に慌てたのは使いの騎士だ。

「いけません！　妃殿下は急ぎアルゴンに逃げるようにと王太子殿下からの伝言です！　全てが終わるまで、しばらくアルゴンで待つようにと……！」

その騎士の言葉を無視して、フレイアは馬ごと背中を向けた。フレイアの後ろには先程まで一緒に戦った騎士たちがいる。そしてその中から、親衛隊長がフレイアの前に進み出た。

「妃殿下。私たちは王太子殿下に合流するため東の砦に向かいます。しかし、妃殿下はどうぞアルゴンへお逃げください」

「聞こえなかった？　私は砦に向かうと言ったの」

「しかし……」

「私は王太子妃です。夫の命が危険に晒されているのに、一人で逃げろと言うの？」

まだ妃の身である自分が、王太子を見捨てて一人安全な場所へ避難するなどできない。

セレンに対して、恋情や夫婦としての情はない。

それでも、彼はフレイアに対して恥じない国王になると宣言したのだ。

その彼の覚悟を、守りたいとフレイアは思う。

「……フレイア様！　それでもお逃げください！　それが王太子殿下のご命令なのですから！」

困惑を抑えきれないようにジュリアンが叫んだ。フレイアの護衛騎士であるジュリアンにとって、一番に守るべき相手はフレイアなのだから。

しかしそんなジュリアンを無視し、フレイアは馬から下りた。騎士たちは皆、片膝をついてフレイアを見上げている。フレイアはその騎士たちを見回し、口を開いた。

「今から東の砦に向かい、王太子殿下をお守りします。皆……、皆の命を危険に晒すようなことをして、本当にごめんなさい」

フレイアは膝を折り、頭を下げた。フレイアを守ってアルゴンへ向かえば、少なくともここにいる皆の命が危険に晒されることはない。だがフレイアは、今から東の砦に向かって戦うと宣言した。

これは、究極の我儘《わがまま》だと、自分でもわかっている。

「……頭をお上げください、妃殿下。私たちは妃殿下のご決断が嬉しいのですから」

騎士の一人が声を上げた。

「そうですとも！　私たちは親衛隊です！　王太子殿下を守るためにいるのですから！」

「そうと決まったら、さぁ、急いで東の砦に向かいましょう！」

騎士たちが次々と声を上げる。その掛け声にフレイアは頭を上げ、彼らを見回した。

「皆……、ありがとう」

そして、最後列で跪《ひざまず》く騎士に目を留めた。いつの間にか騎士団の最後列で跪《ひざまず》いているのは、先程別れたはずのハロルドだった。

「……ハロルド」

タンタルの王族である彼までこのクーデターに巻き込むことになる。

苦悩するフレイアに、ハロルドは笑顔で答えた。

「東の砦でもなんでもお伴させてください。私は、貴女の護衛騎士ですから。罰は後でいかようにもお受けします」

フレイアは思わず額に手をやった。能天気な男だとは思っていたが、ここまでとは思わなかった。

「ハロルド、今からでも急ぎアルゴンに戻り、兄に援軍の要請を」

「嫌です。私は貴女のそばを離れない」

「ハロルド、でも」

「アルゴンへの援軍要請ならとっくに致しました。それに、どんなに急いでもアルゴンの王都まで往復四日はかかります。その間にもし貴女に何かあれば、悔んでも悔みきれない。私はジュリアンたちと同じ貴女の護衛騎士だ。この身にかえても、貴女をお守りする」

フレイアを見つめるハロルドの目は力強く、その決心は何を言っても揺らがないだろう。

黙ってしまったフレイアを見て、ハロルドはあのいつもの笑顔で笑った。

「どこへだろうと、フレイア様にお伴します」

「馬鹿ね……、ハルは……」

仕方ない……と言うように、フレイアもふわりと笑う。

「わかったわ！　皆、東の砦に向かうわよ！」

その頃、謀反《むほん》を企てたドウェイン公爵たちは離宮を攻撃するつもりで進軍していた。

しかし到着する前に、そこはもうぬけの殻だと先発隊より一報が入った。

王太子夫妻はそれぞれ、とっくに東の砦へ向かっていたからだ。

それを知ったドウェイン軍は至急東の砦へ方向を変える。

一方、セレン側も東の砦で籠城するため、近隣の領を有する領主たちに使いを送り、出兵を促していた。もちろん彼らは報《しら》せを受けて準備するだろうが、出兵し、砦に到着するまでに相当時間はかかるだろう。ここ数十年戦争もなく平和慣れした領主たちは傭兵を抱えることも少なくなったし、戦の準備を整えるのも容易ではないからだ。

それをわかっているドウェイン公爵たちは、援軍が到着する前に決着をつけようと急いで砦に向かっているに違いない。

そして森から一路《いちろ》、東の砦を目指したフレイアは、先に砦に着いていたセレンと合流した。

フレイアが到着したとの報《しら》せを聞き、セレンはエントランスまで走り出てフレイアを抱きしめた。

「フレイア……！　無事でよかった……！」

人目も憚《はばか》らず強い力で抱きしめてくるセレンに、フレイアは苦笑する。

あんな別れ方をして、セレンも心配で仕方がなかったのだろう。

セレンの肩を押して体は少し離れたが、それでもセレンはフレイアの手を離さなかった。

「殿下も……、ご無事で何よりです」

そう言うフレイアを、セレンが眩しそうに見つめる。

「無事ではあるが……、女装して、そなたたちを置いて逃げるとは恥ずかしい限りだ」

「それで良いのです。殿下が倒れれば、それこそが負けに繋がるのですから」

フレイアの言葉に、セレンは自嘲気味に笑う。

正直、これほどあからさまに命を狙われたのは初めてだった。

それでも、机上ではあるが、敵が襲ってきた時の対処法は学んできた。次期国王である自分は一番先に、一番安全な場所に避難しなければならない。それを守るために騎士たちがいるのだと。

しかしいざという時、まさか妃まで置いて逃げることになろうとは……

あの事態は、他の女性であればあり得なかったことだ。

まさか、妃自ら剣や弓矢を持って戦うなど、思いもよらなかったことである。

「敵はやはり第一王子派なのですか？」

フレイアの質問に、セレンは苦い顔で頷いた。

兵が二千も集まったところを見ると、ドウェイン公爵を頭に相当数の貴族たちが反旗を翻したと見える。今回の企てに加わっている者の思いが一枚岩なのかは知らないが、皆、何かしらセレンの治世に不満や危機感を抱く者たちなのだろう。

既得権益を守りたい者。

セレンが王になったら冷遇されるのではと恐れている者。

クリスを傀儡《かいらい》の王として祭り上げ、実権を握りたい者。

そしてその甘い汁を啜ろうと、舌舐めずりしている者。

野盗の類を装っても、森での襲撃の件はいずれ第一王子派の企てだと露見する。

その前に、大人しく首をはねられるのを待つのではなく、こちらからクーデターを仕掛け、王の首を挿《す》げ替《か》えようというのか。

たしかに今のセレンの状態は多勢に無勢。勝機は自分たちにあると見ての行動だろう。

「ところで、ハロルドはどうした？」

「それは……」

セレンの問いかけに、フレイアが気まずそうに俯く。

あんな場面に都合良くあらわれた彼を、もう何をどう取り繕えばいいのかさえわからない。

反乱者と繋がっていると疑われても仕方のない状況だ。

「殿下、ハロルドは……」

だがセレンは、皮肉気に笑っただけだった。

「ああ、別に敵と内通していただの、敵そのものだのと謗《そし》る気は毛頭ない。私を倒してそなたを奪う気なら、こんな大それた計画など立てなくとも済むだろう」

それは、セレンの本心であった。

そもそも、平和で穏やかな関係が続いている今、タンタルがテルルに奇襲をかける理由はない。

それに、フレイアを何よりも尊く思っているようなあの男が、みすみす彼女を危険に晒すようなことをするはずがないだろう。

あの男は嫌いだが、常に純粋にフレイアを想っている目をしていた。

陰で策を弄するようなずる賢い男には見えなかった。

大方今回もフレイアの元を去りがたく、少し離れて見守っていたというところだろう。王子でありながら好きな女を見守るために後先考えずに他国へ忍び込むなど、ただの直情型の馬鹿としか思えない。しかしその直情さを、羨ましいとも思った。

「フレイア、そなたはハロルドと共にアルゴンへ逃げよ」

フレイアの目を見つめ、セレンはそう言った。元々この旅行の終わりと共にフレイアをアルゴンへ帰すつもりだった。予定が少し早まっただけだ。何一つ良い思い出のない結婚生活を強いてしまった妻を、せめて、このような戦に巻き込みたくないと、セレンは思う。

しかしやはり……、というか当然のように、フレイアはキッと眉を上げてセレンを見上げた。

「私に逃げろとおっしゃるのですか、殿下。私はまだテルル王太子妃です」

セレンは苦笑すると、砦の奥に設《しつら》えられた作戦会議室にフレイアを伴った。

剥き出しの石造りの部屋は、それだけで寒々しく感じる。先程まで軍議が行われていたらしく、地図を囲んで親衛隊長や側近、東の砦を守る警備隊長、そして近隣の領から駆けつけた領主たちが控えている。

セレンは地図を指し示し、フレイアに説明した。

「おそらく後数刻で、二千を超す反乱軍の兵が到着する。対する我が籠城軍は私の兵、砦の常駐兵、近隣の兵を掻き集めても千にも満たない。足留めするよう途中の領主に使いを送ったが、果たしてどのくらい効果があるか……。王都にいる宰相にも援軍要請を送ったが、ここに駆けつけるまで相当時間がかかるだろう。……要するに、この場にいる以上、そなたの命は保証できない」

そう言うとセレンは地図から目を離し、真っ直ぐにフレイアを見つめた。

「だから……、反乱軍が到着する前に、なんとかアルゴンに落ち延びてはもらえないだろうか。最期の瞬間まで妃を伴っていた王太子などと、後世までの笑い者になるのは御免被りたい」

淡々と話すセレンを、フレイアは力強い目で見返した。

「殿下はこんな理不尽な戦に負けるとでも思っていらっしゃるのですか？　最期の瞬間を考えるのは、その時になってからになさいませ！」

「しかし……。口惜しいが、これも身から出た錆。私が次期国王として人心を掌握できなかった報いであろう」

妃一人の心でさえ繋ぎ止められなかった自分なのだから……、とセレンは自嘲する。

何かを諦めたようなセレンの様子を、フレイアは冷ややかに見つめた。

「……森の中で、殿下を逃がすために兵が死にました。これから反乱軍が攻めてくれば、やはり彼らは最後の一人になるまで、殿下を守るために戦うでしょう。貴方は彼らのためにも、最後まで生き残ることを考えなくてはなりません」

「わかっている……。わかってはいるが……」

「私の弓矢の腕はきっと殿下のお役に立てると思います。どうか私をここに置いてくださいませ」

そうきっぱり言い切るフレイアを、セレンは眩しそうに見つめた。

正直、数の上でも準備の上でもこの戦に勝ち目はない。

死をも覚悟している籠城戦にもうすぐ別れる予定の妃を伴うなど、奇妙なことだと思う。

意思を持った強い目で見上げてくる妻の目を見返し、セレンは側近に告げた。

「ノエル……、人払いを」

臣下たちが出ていき、二人きりになると、セレンは彼女に穏やかな笑みを向けた。

「反乱軍が攻めてきたら、私の首を差し出すつもりだ」

あまりにも予想外の言葉に、フレイアの表情が固まる。

「私の首一つで皆の命が助かるなら安かろう」

「何、を……！」

「王都にいる兄上の動きが掴めないが、この反乱と連動して兄上が王宮を急襲することも考えられる。この上、王都まで戦火に巻き込まれれば、被害は兵のみにとどまらない。兄上は愚かで、即位したとて傀儡《かいらい》の君主にしかならないだろうが、それでも……、かえって、その方が国は安定するかもしれない」

まるで他人事のように語るセレンに、フレイアはわなわなと震えだした。

「……そんな顔をするなフレイア。たしかに、兵は私を守るために最後まで命をかけて戦ってくれるだろう。だが、そんな兵の命を守るのも、王太子である私の務めなのだ」

ああ、この人は……！

フレイアは穏やかに微笑むセレンを見つめ、唇を噛んだ。おそらくあの奇襲に遭った時から、覚悟していたのだろう。いざとなれば自らの命を差し出し、最小限の被害に食い止めようと。

平和の中で育ったセレンだが、民のために自分の命を差し出そうとする気概はあるのだ。

フレイアは大きく息を吐くと真っ直ぐにセレンを見つめた。

「殿下、護衛の……、ハロルドを呼んでもよろしいでしょうか。お耳に入れたい儀がございます」

「……ハロルドを？」

フレイアの言葉に、セレンが首を傾げた。

「親衛隊長やノエル殿にも同席していただいて構いません」

「……わかった」

有無を言わせぬフレイアの雰囲気に、セレンは深く頷いた。


部屋に通されたのは、親衛隊長、セレンの側近のノエル、そして身分を偽りフレイアの護衛騎士をしていたハロルドの三名だった。

タンタル王子と明かされた今、これほど堂々と戻ってくるとは思わなかった。ここまで大胆なら、今ここでフレイアを連れ出して逃げてくれれば良いものを……、と、セレンは内心で舌打ちする。

皆が訝《いぶか》しげにハロルドを見つめる中、彼はセレンの前に片膝を折り、深く頭を下げた。

「テルル王太子セレン殿下に恐れながら申し上げます。私はタンタル王の第五王子、ハロルドと申します。これまで身分を偽りそば近くに仕えましたこと、申し開きのしようもございません」

事情を知らない親衛隊長とノエルが目を見開く。一介の騎士が他国の王子などと、俄かに信じられる話ではない。しかし、フレイアは二人に大きく頷いてみせた。

「私が保証致します。この方は真実、タンタル王子ハロルド殿下でございます」

「な……っ！」

次の瞬間、ハロルドは親衛隊長とノエルに両肩を掴まれ、拘束されていた。

「何故、タンタルがテルルに密偵を……!?」

テルル、タンタル両国の関係も平和が保たれ、ここ百年以上戦は起こっていない。密偵を送る理由がわからないし、しかも何故それが王子で、何故このタイミングで明かすのか全く理解できない。二人の顔はそう語っていた。

「待って、ハロルドを離して」

ハロルドの拘束を解こうと声をかけるフレイアを、二人が揃って睨みつける。

「妃殿下はわかっていてこのような者をそばに置いていたのですか!?」

「殿下……！」

指示を仰ぐように見上げる二人にセレンは苦笑して、ハロルドの拘束を解くよう手を上げた。

「よい。私も知っていた」

「しかし……！」

「誤解されているようですが、私は密偵などではありません」

両肩両腕を拘束されながら、ハロルドが両隣に目をやる。

「そんな言葉を信じると思うか？」

声を上げたのはノエルだ。

「よいノエル、離してやれ。本当に密偵であるなら、わざわざ自分から身分を明かし、ここに飛び込んでくる理由がない」

それでも拘束を解かないノエルたちに、ハロルドは抵抗もせずに淡々と告げた。

「正体を明かしここに戻ってきたのは、偽らざる身分で今この状況について進言したいことがあったからです」

セレンがフレイアの顔を見ると、彼女は再び大きく頷いた。

先日ハロルドはフレイアの指示通り護衛騎士の職を辞し、王宮を去った。

フレイアの予定ではアルゴンに向かう商人一行にハロルドを紛れさせてテルルから出すつもりだったが、最初からハロルドにそんな気はなかった。

付かず離れず視察旅行についていき、フレイアを見守るつもりだったのだ。

視察先のビスマス領はアルゴンの国境付近にある。そこでフレイアを見納めて、ビスマスからアルゴンに入り、アルゴン伝いにタンタルに帰ればいい。

だがもし……、万が一にもフレイアが傷つくような事態があれば、今度こそ攫っていく。

ハロルドは今度こそ自分の想いに踏ん切りをつけようと、王太子一行の行列を追っていたのだ。

異変に気づいたのは、行列の先頭の御者が射られた時だった。

闇から次々と人影があらわれ、中心の、王太子が乗る馬車を目指して斬り込んでいく。

ハロルドは馬を飛ばし、暴漢を剣で薙ぎ払いながら馬車へ近づいた。


「森での襲撃後すぐ、私はアルゴン王太子であるサイラス殿下に使いを飛ばしました。おそらくサイラス殿下はすでにこちらに向かっていることと思います」

飄々と告げるハロルドに、セレンは目を見張った。

そして何か言おうとする前に、親衛隊長がハロルドの襟首を掴む。

「この機に乗じてアルゴンとタンタルが組んでテルルを攻めるつもりか？　少人数で東の砦にいることを幸いに……！」

親衛隊長の全くお門違いの言葉に、ハロルドは冷ややかな目を向ける。

「私が、わざわざ今から攻めると言いに来た馬鹿に見えましたか？　それに、フレイア妃殿下を溺愛するサイラス殿下が妹君もいる砦を攻めるわけがないでしょう。下手をすれば妹君が人質に取られます。サイラス殿下は援軍を仕立て、義弟であるセレン殿下をお助けするつもりなのです。そもそも、ここでセレン殿下を倒してもアルゴンにとって全く得にはなりません。むしろ、助けて恩を売った方がその後の交渉に有利に立てます」

ハロルドの話を、セレンは淡々と聞いていた。この男が言っていることに嘘はないのだろう。

フレイアの身がこちらにある限りサイラスが攻めてくることは考えにくく、また、ハロルドがみすみすフレイアを戦に巻き込むようなことをするとは思えない。

例えば不穏分子を煽ってクーデターを起こさせ、混乱に乗じてフレイアを奪うなどということも考えられなくはないが、彼女を危険に晒してまで決行することはあり得ない。

……ということは、援軍を要請するためサイラスに使いを送ったというのも事実なのだろう。

「この男の言葉のみでアルゴン王太子を信じるわけにはまいりません。妹を切り捨てる覚悟で背後からドウェインたちを唆《そそのか》した可能性も捨てきれないのですから」

ハロルドを拘束したまま、親衛隊長が進言する。

たしかに、ハロルドの言葉のみでサイラスを信用するには危険がある。

それに、森の襲撃の時点ではまだ、これがクーデターだという確信はなく、ハロルドもクーデターの報《しら》せを送ることはできなかっただろう。ただの野盗の類かもしれないのに、わざわざアルゴンの王太子が援軍を仕立ててやってくるだろうか。

「私は鳥を使いに飛ばしますので、報《しら》せはとっくにサイラス殿下の耳に届いているはず。妹姫の危機とあらば、サイラス殿下は何をおいても必ず助けに来るでしょう。故に……、セレン殿下には援軍が到着するまで持ちこたえていただきたい」

未《いま》だ体の自由を奪われながらも真剣に語るハロルドの目に、やはりこの男の言葉に嘘偽りはないのだろうとセレンは感じた。

甘いかもしれないが、彼のフレイアを思う気持ちを信じてみたいとも思う。

だが、アルゴンの王都からこの国境まで、普通なら三日、馬を飛ばしても丸二日はかかるのだ。

敵はあと数刻でやってくる。

……ということは、普通に考えればアルゴンの援軍が到着するのは全て決着がついてからと考えた方が正しいだろう。援軍が来るまで持ちこたえるのは相当難しいのではないだろうか。

疑問が顔に出ていたのだろう。

感じ取ったハロルドは、セレンを見上げてこう言った。

「故あってサイラス殿下はすでに国境付近に向かっています。ですから此度《こたび》の変事はすでに耳に入っているでしょう。援軍が到着するのも、そう先の話ではありません」

「サイラス殿が……、国境付近に？」

頷くハロルドの首を、再びノエルが掴んだ。

「やはりアルゴンが黒幕か……！　何が狙いだ？　やはり貴様は密偵だったのか？」

「私は密偵などではない。強いて言うなら……、ごく個人的理由による侵入者だ」

「個人的理由だと？　馬鹿にするな！」

襟を掴んで締め上げようとするのを、セレンが止める。

「……彼と、二人で話したい」

セレンは親衛隊長とノエルにそう告げた。

「殿下！　それは危険では……！」

「よい、下がれ」

ハロルドは部屋に入る前に剣も弓も扉の前の騎士に渡し、丸腰になっている。

一方のセレンは剣を帯びている。滅多なことは起こらないだろう。

「お前たちは戻って籠城の支度を急げ！」

セレンの有無を言わせぬ雰囲気に、二人は仕方なく部屋を出た。

そして、心配気にハロルドを見つめていたフレイアもセレンの命《めい》で部屋を後にした。

「ハロルド……、いや、ハロルド王子とお呼びした方がよろしいか？」

セレンが椅子を勧めながらそうたずねた。

「どうぞ、ハロルドで」

跪《ひざまず》いていたハロルドが立ち上がりながらそう答える。

こうして二人で向かい合って話すのは初めて。お互いのことはフレイアを介してしか知らない。

「色々聞きたいことはあるが、敵が迫っている故時間がない」

セレンの言葉に、ハロルドは黙って頷く。

「サイラス殿は何故国境付近まで来ている？　また、貴殿はそれをいつから知っていた？」

「私も先刻まで知りませんでした。それに、サイラスの方も私が護衛騎士をやめて密かに視察一行をつけているのを知りませんでした。森での襲撃を知らせるため鳥を飛ばし、その返事を受け取り、初めてお互いの状況を理解したのです。サイラスの状況については、ここに、サイラスから私宛ての書状があります」

セレンに差し出されたそれには、簡単に次の内容が書かれていた。

セレンがフレイアを伴いアルゴンとの国境付近に視察に来ることを知り、滞在中に密かに面会するべく、自らも視察の名目で向かっていたこと。

面会理由は、フレイアの離婚申し入れについて。サイラスはセレンとフレイアの不仲を認識しており、心を痛めていたこと。穏やか、かつ速やかに離婚の話を進められないかと画策していたこと。

そして今、今回の変事を知り、至急付近の兵を纏めて、援軍を仕立てていること。妹を蔑《ないがし》ろにした義弟に含むところはあるが、まずは友好国としてクーデターの平定に協力するとのことらしい。

最後に、ハロルドに向けて、なんとしてもフレイアを逃がすこと。できなければ、命がけで守れとまで書いてある。

「つまり、サイラス殿下はとうに私たち夫婦の不仲を承知していたということか」

「不仲……、でしょうか？　殿下が一方的に彼女を蔑み、嫌っていたのでは？」

ハロルドの冷ややかな問いに、セレンは口を噤んだ。

そんなセレンを見て、ハロルドは答えを聞かないまま、話し始めた。

「……サイラスは、一年前の訪問以前より妹姫が嫁ぎ先で夫から冷遇されている事実を掴んでいた。手紙類が検閲を受けていても、優秀な侍女たちの手で、主人が夫からどんな扱いを受けているかは逐一報告されていたんだろう。だがそれだけでアルゴン側から離縁を申し入れるわけにはいかなかった。そこで、常にフレイアの身を守るため、テルル訪問の折、ソラリス以外にもう一人、彼女に対して忠実な騎士を置いてくることを考えた。そこに、俺が立候補したんだ」

もう敬語で繕おうともしないハロルドに静かな怒りを感じ、セレンは息を呑む。

「俺は鳥を使って、アルゴン王太子サイラスと連絡を取り合っていた。それは誓ってテルルの内情を探る類のものではないが、疑いたきゃ疑えばいい。今回サイラスは、テルル王太子夫妻がアルゴンとの国境付近まで来ると知って、非公式に訪ねるつもりだったんだろう。もちろん、妹を取り戻す直談判をするために」

ハロルドはサイラスという男をよく知っている。

妹を溺愛し、情に厚い男だが、それに流される馬鹿ではない。

二年も我慢したのは、フレイアが一番傷つかない方法を彼なりに模索していたからだろう。

「俺がタンタル王子という証拠は何もない。だから、一介の護衛騎士として裁かれることも承知の上で進言する。セレン殿下……、義兄《あに》の力を借りることに、何を恥じることがありましょうか。そもそもサイラス殿下が溺愛する妹姫を助けに来るのは当然のこと。サイラス殿下の援軍が到着するまで、どうか籠城戦で持ちこたえていただきたい。もしこの話が信じられないなら、今すぐ俺を拘束してください。牢に閉じ込め、人質として使えばいい」

セレンを見つめるハロルドの目は澄んでいる。

「何故……、そこまで……」

「多分、殿下を助けることがフレイアの望みだからだ。そして、彼女の望みは俺の望みだ」

そう言い切るハロルドに、セレンは目を見開いた。

おそらくこの男はセレンとフレイアの間にある、一年間別居した後に離婚するという約定を知らない。

あれは二人きりの話し合いであり、ビスマス領に入ってから極近しい者たちだけに告げ、偽りの病を得る予定であった。

だから、この男は王太子夫妻が離婚に向けて動いていることも知らず、おそらく、フレイアがセレンに付き従おうとするのも、ただ一途に夫に寄り添おうとする妻の愛故だと思っているのではないだろうか。

　それなのに……

「貴殿が我が国に潜り込んだ経緯《いきさつ》も、今回戻ってきた理由も察している。単刀直入に聞くが、貴殿は我が妃に懸想《けそう》しているのだな？」

懸想《けそう》……、その言葉に、ハロルドは唇を噛んだ。

ハロルドのフレイアへの気持ちは、そんな邪《よこしま》な言葉で言い表わせるようなものではない。

だが実際、人妻である彼女に恋心を抱いていること自体、世間から見れば邪《よこしま》な想いなのだ。

「貴殿のそれは、恋ではなくただの執着ではないのか？」

畳み掛けるようなセレンの物言いに、ハロルドは射貫くように目線を上げた。

「どのような言葉で貶《けな》されてもいい。フレイアは俺が命をかけて守る存在……、それだけだ」

「それなら何故、成婚前に自分のものにしなかった？　護衛騎士になった時にテルルから連れ出さなかった？　襲撃の時、彼女を連れて逃げなかった？　貴殿の想いとはその程度のものなのか？」

ハロルドがフレイアを真剣に想っているのはわかる。だが、そこまで想う相手を何故自分のものにしようとせず手放したのか、セレンにはおよそ理解できない。

そして、最早人妻となった彼女のそばにいたいがために、一国の王子でありながら護衛騎士として潜り込むなど、およそ正気の沙汰ではない。

一度は離れたにもかかわらずこうして戻ってきたのも、彼女のそばにいたいためだという。

容疑をかけられても、また、戦乱に巻き込まれても、命の保証はないというのに。

自分とは全く相容れない思考の持ち主であるこの男が、正直セレンには気味が悪かった。

「それが……、フレイアの望みだったからだ……」

ハロルドがぽつりと呟いた。

「……望み？」

「小さい頃から、フレイアはセレン王太子殿下の妃になることを望んでいた。殿下の絵姿に恋して、会ったこともない殿下に、馬鹿みたいに夢中になってたよ。俺はずっとそばでそれを見てきたんだ。どんなに好きでも、ただの幼馴染としか思ってもらえない、臣下に下る予定の第五王子でしかない俺が、彼女に求婚するなんて無理な話だった」

自嘲気味に、ハロルドが小さく笑う。

「サイラスは知ってたよ。成婚前、殿下が数多《あまた》の女性と浮名を流してたこと。でも殿下は成婚前に全部切ったから……、だからサイラスも俺も、あえてフレイアに殿下の悪口を吹き込むことはしなかった。殿下も覚悟を持って、フレイアを妃として受け入れるのだと思ってたから。俺はフレイアが自分のものにならなくとも、彼女が幸せで、笑ってくれていればそれでよかったんだ。それなのに殿下は……、俺はずっと……、殿下が憎くてたまらなかった。殿下は俺が欲しくてたまらなかったフレイアの夫の座に簡単におさまったくせに、彼女を蔑《ないがし》ろにし、捨て置いた。俺がフレイアを諦めたのは、彼女が好きな男と一緒になって、幸せになると信じてたからだ。なのに、殿下はフレイアの想いを簡単に踏みにじった。許せなかった。だから、言ったんだ、俺と逃げようって。三度もだ。俺は、三度も、彼女に逃げようと言った。でも、フレイアは首を縦に振らなかった。彼女は、王太子妃としての自分を全うしようとしてたんだ」

ハロルドの告白を聞き、セレンは絶句した。

こんな、ただ、相手の幸せを願う……、そんな愛があるのだ。

ただ真っ直ぐにフレイアだけを想うハロルドを、セレンは素直に羨ましいと思った。

もちろん、王太子であるセレンと、第五王子であるハロルドとは国に対する責任も背負うものも違うだろう。

だが……

セレンはあらためて、自分の『間違い』を突きつけられた気分だった。

「もし……、フレイアと私の離婚が成立したら、貴殿は彼女に求婚するのか？」

セレンの問いに、ハロルドは不可解だというように片眉を上げた。

「俺は、『もし』の話は嫌いだ。ただ、フレイアのために動くだけ。だいたいそんなもしもの話より、今はこの危機を切り抜ける話をすべきだろ」

「……そうだな」

セレンは小さく笑った。この危機を切り抜けたとしても、近い将来、セレンはフレイアと離婚する。それはおそらくこの男の望む未来に近づくことだろう。

だが、今それを目の前の男に告げるのは癪だった。

「残念だな……」

セレンがぽつりと呟く。こんな立場でなければ、彼とは良い友人になれたかもしれない。

首を傾げるハロルドを見やり、セレンはまた、静かに笑った。

――数刻後。

ドウェイン公爵率いる約二千の兵が、東の砦を取り囲んだ。

砦は高い崖の上にあり二重に堀を巡らせている。堅固な作りの要塞のため、攻略にはだいぶ時間がかかるだろう。次々に大砲が撃たれ、攻め寄せようとしている兵を蹴散らしていく。

それでも攻めてくる兵に、弓が放たれ、銃が撃たれ、先鋒の兵が剣を持って押し返していく。

そうして、攻められては押し返し、押し返しては攻められを繰り返している。戦闘中に近隣の領主の兵が援護に駆けつけてきて敵の背後をついてはいるが、それでも多勢に無勢。

フレイアたちのいるこの場所まで攻め入られるのは時間の問題だろう。

「一の門が破られました！」

「敵を二の門付近に集め、狙い撃ちしろ！」

「三の門と四の門にもっと兵を！」

「それでは殿下の周りが手薄になる！」

「私はいい！　二の門にもっと兵を送って死守しろ！」

「西の崖を登ってくる兵は全滅しました！」

「よくやった！　その調子で北の崖も殲滅しろ！」

次々と一進一退の様子が報告され、陣内に緊張が走る。

「ガリウム男爵が戦死されました！」

「モリブデン卿戦死！」

「キセノン隊全滅！」

一方、次々と兵を率いる将の戦死が伝えられ、重苦しい空気が流れる。

フレイアは報告を聞きながら、隣にいるセレンを見上げた。

蒼ざめた顔に、白い唇。その唇は噛み締められ、薄っすら血が滲んでいる。

一時は味方を守るために自らの首を差し出す覚悟をしたセレンも、フレイアや側近に止められ、諌められ、徹底抗戦の構えを見せている。だが、この戦況悪化の中、いつまたセレンがそう言い出すのではと、フレイアは危機感を募らせていた。

「殿下、今は耐えてくださいませ」

爪が食い込みそうなほど強く握りしめられたセレンの拳に、フレイアがそっと触れる。

「万が一にも敗れた時は、私も妻としてお供仕《つかまつ》りましょう」

そう言ってフレイアは微かに笑って見せた。

「殿下が皆を助けるためにその首を差し出す覚悟と知り、感じ入りました。書類上とはいえ、私はまだ貴方の妃ですから」

兄サイラスの援軍はまだ到着しない。道案内をさせるためソラリスを迎えにやったが、彼女からも何も連絡はない。フレイアのそばを離れるのを嫌がるソラリスを無理矢理行かせたのは、ソラリスを籠城戦に巻き込みたくなかったからだ。

（お兄様は間に合わないかもしれない）

だがその時は、必ずや兄が自分たちの仇を討ってくれるだろう。

「フレイア、すまぬ」

セレンはそう言うと、再び前を向いた。

こんなただの書類上の夫の、供をする、と彼女は笑うのだ。

しばらくすると、兵が走り込んできた。

「二の門が破られました！」

その叫び声と共に、セレンもフレイアも立ち上がった。

「やはり私が……！」

そう言って一歩踏み出したセレンの腕を、フレイアが強く掴む。

「離せフレイア！　これ以上犠牲を増やすわけにはいかぬ！」

「わかっています！　わかっています、殿下！　でも……！」

フレイアは二の句が継げなかった。

すでに多くの将や兵が死んでいる。身も心も切り裂かれるように痛み、もしフレイアの命で彼らの代わりになるなら、喜んで差し出すところだろう。

だが、敵の目当ては王太子セレンのみ。

ただ、王太子の首を挿《す》げ替《か》えたいがためだけの、馬鹿馬鹿しい戦なのだ。

サイラスはまだ来ない。

（お兄様は来る。絶対助けに来てくれる！）

そう信じてはいるものの、今に至っては、それを口にするのも憚《はばか》られる。

フレイアは両手を結び合わせ、祈るかのようにギュッと目を瞑った。

「やはり、私の首を……」

セレンが再びそうこぼした時、両肩を強く掴まれ、元座っていた椅子へ再び座らされた。

両脇を固めているのはセレンの護衛騎士と側近のノエルだ。

「その先をおっしゃってはなりません、殿下。我らは最後の一兵になるまで、徹底抗戦するのみ。このような理不尽な戦いに、絶対に屈してはなりません」

「わかっている、わかってはいるが……」

「我らは皆、セレン殿下に心酔し、忠誠を誓い、殿下の御即位を心待ちにしております。たとえここで殿下のお命を犠牲に生き延びたとしても、この先、他の国王に仕える気は毛頭ありません」

「ノエル……、皆……」

人の心の機微に疎いセレンではあるが、王太子としての彼は有能だ。

臣下たちは皆、そんな彼をきちんと見て、評価していたのだ。

その時、「三の門が破られました！」と注進が入る。

フレイアは即座に、そばに置いてあった弓を取った。

すでに剣は腰に帯びている。

「待てフレイア！　どこへ行く！」

「四の門へ！　あの門を破られては、もう長く持ちません！」

「待てフレイア！　待たぬか！」

「お待ちください！　妃殿下！」

「妃殿下！　行ってはなりませぬ！」

口々に叫ぶセレンと臣下を振り返り、フレイアは笑う。

「殿下がそこを動かぬよう、押さえていてください」

「フレイア、待て！」

「殿下、万が一四の門が破られたら、あとはお願い致します！　どうぞご武運を！」

一礼すると、フレイアは颯爽と部屋を飛び出した。

扉の前にはジュリアンたちフレイアの護衛騎士が控えていて、フレイアに付き従う。

「四の門へ向かいます。そこからは一兵たりとも通してはなりません」

そう言うと、皆の目に喜色が浮かぶ。皆、出兵したくてうずうずしていたのだ。

だがジュリアンだけは即座にフレイアの前に回り込み、膝をついて頭を垂れた。

「どうか妃殿下はお戻りを。四の門は我らが死守致します」

「そうです、妃殿下。貴女だけはどうか、王太子殿下のおそばに」

そう続いたのは、ハロルドだ。

今この時、一番安全なのは王太子セレンのそばだから。

しかしフレイアは凛とした視線で二人を見返した。

「私は足手まといになるためにここに残ったのではありません。少しでも、私の腕が役に立つと思えばこそ、この場所にいるのです」

そう言うとフレイアはジュリアンとハロルドの間を抜け、足早に歩き出した。

こうなってしまえばもう、フレイアを止めることは難しいだろう。

二人は肩をすくめると、妃の背中を追った。


馬に乗って四の門に到着すると、そこはもう戦場と化していた。

門は二重になっており、すでに一枚目は破られている。

破られた門はそれを囲むように塀が巡らされて袋小路のようになっているため、敵の殺到するその場所に向けて矢を射ようと、フレイアは馬を下り、陣取った。

決してフレイアのそばを離れないと誓ったハロルドも、彼女の隣に陣取る。

矢の数は限りがある。フレイアは一本たりとも無駄にしないよう、的確に敵に向けて放っていく。

森の中で射た時とは全く違う。

敵の顔も、射た感触も、わかる。

彼らにだって、家族も、待っている人もいるのに。

でも、ここで感傷に浸るわけにはいかない。

今はこの理不尽な戦いに抵抗し、王太子を守り抜くのだ。

フレイアは何も感じないように自己暗示をかけ、矢を射続けた。

だが、射てども射てども、次から次へと敵は押し寄せてくる。

「フレイア！　頼むから、矢が尽きたら退《ひ》いてくれ！」

矢をつがえながらハロルドが叫ぶが、フレイアは黙々と矢を射続ける。

そしてやがて矢は尽き、フレイアは弓を捨て、剣を取った。

そして再び馬に跨《またが》り、四の門の隠し門の前に進み出ると、自分の護衛騎士たちに声をかけた。

「皆、ここからは私の護衛騎士であることは忘れなさい。なんとしても自分が生き抜くことを考えるの。四の門が破られたら即座に撤退し、五の門の守りを固めるように。その時私の姿が見えなくとも、捜さずに捨て置きなさい」

フレイアの言葉に、護衛騎士たちが息を呑む。

「妃殿下！　それはあんまりです！　我らは貴女の……！」

悲愴な声を上げるジュリアンを、フレイアは遮った。

「見てわかる通り、誰かを守りながら戦えるほど甘い状況ではありません。ここからは、私のことも一兵卒《いっぺいそつ》と思いなさい」

フレイアを守りながらでは、騎士たちは存分に戦えない。

足手まといになりたくないフレイアにとって、それでは本末転倒なのである。

隠し門が開かれ、歩兵、騎兵が剣を片手に飛び出していく。

その中には、馬に跨《また》ったフレイアとハロルドたち護衛騎士の姿もあった。

命《めい》があってもどうにかフレイアの盾になろうとする騎士たちに、フレイアが叫ぶ。

「私はいいから！　各々散りなさい！」

それでも騎士たちは、フレイアを守りながら戦おうとする。

フレイアも今や心を無にし、押し寄せてくる敵を的確に薙ぎ払っていった。

風を切る鋭い音がする。

敵と剣を合わせる合間にも、矢が次々と飛んでくる。

それを薙ぎ払いながら戦うフレイアの前を、ハロルドはなんとしても離れない。

「ハル！　退《ひ》いて！　私は大丈夫だから！」

フレイアが叫んでも、ハロルドはフレイアの前から退《ひ》かない。

「君こそ退《ひ》け！　ここは時間の問題だ！　早く五の門まで戻るんだ！」

「でもハル！　もう……！」

四方を敵に囲まれ、もうそんな段階はとっくに過ぎている。

――ヒュン！

「……っ！」

一本の矢がハロルドの顔を掠めた。

気を取られた隙に、さらにもう一本の矢がハロルドの左上腕に刺さる。

バランスを失ったハロルドが馬から転がり落ちた。

「ハルっ！」

フレイアも馬から下りて駆け寄ろうとするが、ハロルドは「来るな！」と叫び、すぐに立ち上がった。振り返りもせず、フレイアめがけて襲ってくる敵を薙ぎ払っていく。

駆け寄ろうにも、フレイアも目の前の敵で精いっぱいだ。

他の護衛騎士たちもそれぞれ周りを敵に囲まれている。

「ハル！　撤退を！　退《ひ》いて！　ハル！」

「無理だ！　もう退《ひ》けない！」

前も後ろも敵に囲まれている。

もう退《ひ》こうにも、どこへも動けない。

――ヒュン！

「………………ぐっ！」

ハロルドの右腿にも矢が刺さる。

「ハル！」

フレイアがハロルドを庇《かば》おうと前に出ようとするが、それでもハロルドは前を譲らず、剣を持つ手を緩めない。甲高い音がして、手負いのハロルドが襲いかかる剣をどうにか受け止めた。

「ハル!!」

万事休すか？

その時、目の前の敵が突然、ハロルドの前に倒れこんだ。

「すまないハル！　遅くなった！」

剣を片手に馬上にいるのは、フレイアの兄、サイラスだった。

「お兄様？」

「もう大丈夫だ！　フレイア！」

周りを見回せば、なだれこんできたサイラスの兵たちが次々と敵を薙ぎ払っている。

「ハル！　よくフレイアを守ってくれた」

「遅いぞ、サイラス」

ハロルドは笑ってサイラスを見上げたが、顔も体も血だらけだ。

そして親友の顔を見て気が緩んだのか、ガクリとその場に膝をついた。

「ハル！」

駆け寄ったフレイアがハロルドを支える。

「フレイア、ハルをここへ」

サイラスはハロルドを引き上げて馬に乗せると、四の門の中へ走り込んだ。

「お兄様！」

急いで馬に跨《また》がったフレイアがサイラスの馬を追いかけ、先を走る。

その頃、敵が押し寄せてくるのを今か今かと待っていた五の門を守る兵たちは、こちらに向かってくる騎兵を見て身構えた。

「待て、あれはフレイアだ！」

臣下たちを振り切って五の門まで下りてきていたセレンが叫ぶ。

なるほどよく見れば、先程四の門を守るのだと五の門を抜けていった王太子妃だ。王太子妃は五の門の手前まで来ると、「アルゴン王太子の援軍が到着しました！」と声を張り上げた。

ワッ！　と歓声が上がる。

サイラスはハロルドをフレイアに引き渡すと笑って見せた。

「私は先程の門に戻って敵を食い止める。絶対に、ここまで辿り着かせはしない」

王太子自ら先頭に立つなど、本当にサイラスらしい。

「フレイアはハルについていてやれ」

「お兄様！」

「サイラス殿！」

そこでサイラスは初めて、セレンの存在に気づいた。

「フレイアを頼む、セレン殿」

セレンに向けてそう言い置くと、サイラスは踵《きびす》を返し、四の門へ向けて馬を走らせた。


「フレイア！　無事でよかった！」

サイラスの背中を見送り、セレンが振り返る。

「怪我は？　怪我はないか？」

ところどころ血が滲んでいる箇所を見て、セレンは眉をひそめた。

「私はかすり傷です。それより、ハルが……」

「ああ、急ぎ、建物の中へ」

意識を失っているハロルドは、担架に乗せられて城内に運び込まれた。

医務室までついていったフレイアはそのまま医官にハロルドを託し、五の門に取って返した。

すぐに戻ってきたフレイアを見て、セレンは目を丸くする。

「何故戻ってきた？　そなたはハロルドのそばにいてやれ」

一目しか見ていないセレンでも、ハロルドは深傷《ふかで》を負っているとわかる状態だった。

だから、まさかフレイアがすぐに戻ってくるとは思わなかったのである。

だがフレイアは唇を噛み、黙って首を横に振った。

「……ハロルドの状態は？」

セレンにたずねられ、フレイアは俯いた。

「ハロルドは……、私を庇《かば》って何箇所も傷を負いました。急所は外れていますが、出血が多く、予断を許さない状態のようです」

「予断を……、ならばなおさら、そばにいてやれ」

それでもフレイアは首を縦に振らない。

フレイアがハロルドを医務室に運び込んだ時、彼は気を失っていた。

治療が始まるとフレイアは後ろ髪を引かれながらも、彼を医官に頼み、そのままそばを離れたのだ。

大きな瞳からは今にも涙がこぼれ落ちそうだが、それを必死に堪えているのだろう。

「ハルは……、ハロルドは大丈夫です。ちょっとやそっとの怪我で」

（死んだりしない）

その言葉を、フレイアは呑み込んだ。死、という言葉さえ、今は口にするのが嫌だった。

「サイラス殿のおかげで、なんとかなりそうだ。そなたはハロルドについててやれ」

セレンがもう一度そう言うと、フレイアは今度こそしっかりと顔を上げた。

「いいえ、私はテルルの王太子妃です。何人もの将や兵を失ったというのに、今ここで護衛騎士の一人に付き添うなどできません」

ここに至ってまで、王太子妃の立場を貫こうとするフレイアに、セレンは苦笑した。

本当は、今すぐにでもあの幼馴染のそばに駆けつけたいだろうに。

（しかし……、あの護衛騎士も、きっとそれを望みはしないのだろう）

説得を諦めたセレンは、四の門の方へ目をやった。駆けつけた援軍が、次々と敵を蹴散らしていく。

その陣頭に立っているのが王太子サイラスであり、その猛々しい姿を目にしたセレンの兵も勢いづき、息を吹き返したように敵を追いやっている。

「そなたの兄の……、あの兵の数はなんだ？　しかも、何故あれほどに強い？　何故サイラス殿は、この短時間にあれほどの兵を準備することができたのだ？」

今や、アルゴンを疑う気持ちは微塵もない。だが、話に聞いていたところ、サイラスは視察旅行を装い、極秘裏にセレンとフレイアに会いに来ただけのはずだ。

あれではまるで、はじめから戦に来たようではないか。

セレンの疑問に対して、フレイアは静かに答えた。

「おそらくあの兵は金鉱で働く元傭兵たちでしょう。兄は各国で働き口をなくした元傭兵たちを、金鉱の鉱夫として雇っているのです」

「なるほど、元傭兵か」

アルゴンには、テルルとの国境付近に金鉱がある。

サイラスはそこに元傭兵たちを雇い、非常時には兵となるべく訓練を怠らない。テルルでのクーデターの報《しら》せを受けて、すぐに、金鉱へ行って兵を仕立て上げたのだろう、とフレイアは言う。

「兄は穏やかで、戦を好む性格ではありません。ただ、この平和な世の中でも、常に何者にも自国が脅かされないよう気を配っているのです」

もちろんサイラスは自らの訓練も怠らない。

故に、誰よりも勇敢で、誰よりも強い。

フレイアはそんな兄を誇りに思い、慕っている。

セレンはまた一つ、自分の甘さを思い知った。視察先で襲われるなど、油断以外の何物でもない。


アルゴン軍が到着してから、戦況は一変した。

反乱軍の兵は蹴散らされ、四の門より先に進める者は全くいない。

サイラスは先頭に立って、反乱軍を三の門、二の門とどんどん押し返す。

負けが込んでくると反乱軍を率いていた将たちは我先にと逃げ出し始め、それを見た兵たちももたもたしていては逆に取り囲まれると、皆、一目散に散り散りになっていく。

攻め手には加わらず後方で陣を張っていた反乱軍の総大将であるドウェイン公爵も、自軍の敗走を知って早々に撤退した。

「追走するか？」

サイラスが面白そうに言うのを、ここまで案内してきたソラリスが呆れたように諌める。

「まぁ、あとはセレンの仕事だしな」

勝利の英雄となったサイラスは、意気揚々と東の砦に入場したのである。

「お兄様！」

敵を退けて再び五の門までやってきた兄サイラスに、迎えに出たフレイアはたまらず抱きついた。

「お兄様！　お兄様！」

「うん……、よく頑張ったな、フレイア」

サイラスもそんな妹を愛おしそうに抱きしめる。

兄の腕の中で緊張の糸が切れたのか、フレイアは声を上げて泣き始めた。

「お兄様、私……、信じてた……。絶対……、来て、くれるって……」

「うん……」

泣きじゃくる妹を抱きしめながら隣に目をやると、テルル王太子セレンが深く頭を垂れている。

「サイラス殿。此度《こたび》のこと、心から感謝致します」

「いや……、ちょうど国境に向かっていたとはいえ、間に合って本当によかった。それで、セレン殿はこの後どうされるおつもりですか？」

ドウェインをはじめ反乱軍は散り散りに逃げていった。

臣下に追わせているため、逃げた先はすぐにわかるだろう。

「王都からの援軍が向かっているはずなので、こちらに到着したら一気に片をつけるつもりです。ただ、兄の動向がわからないため、その後は兄次第ですね」

背後にアキテーク公がいるのか、ドウェインたちの勇み足なのか、それがまだわからない。

もしこちらでの変事と同時に王都でも兵を挙げていれば、かなり厄介な事態になる。その場合王都に多くの兵力を残してこなくてはならないため、援軍も大した数ではないだろう。

「そうですか。では、王都からの援軍が到着するまで、砦の守りは我が軍で固めましょう」

「痛み入ります」

勝ち戦の目処が立ったということで、セレンはサイラスとフレイアをハロルドが治療を受けている部屋に案内した。

ハロルドは多くの騎士たちと同じ医務室ではなく、セレンの指示で別室に運び込まれていた。

部屋に入ると、治療を終えたハロルドがベッドで眠っていた。

「ハル……」

フレイアはベッドに駆け寄り、ハロルドの顔を覗き込んだ。

その顔の右半分は布に覆われ、蒼ざめている。けれど、僅かに胸の辺りが上下する様子や、規則的に聞き取れる呼吸音から、彼が生きていることはわかる。

フレイアは安堵《あんど》し、彼の覆われていない左の頬に手を伸ばそうとして、止めた。

せっかく眠っているものを、起こしてしまうかと思ったからだ。

そんなフレイアを、セレンは黙って見守っていた。

「出血が酷く、一時は容体が案じられましたが、体力も気力も十分ある方故、ひとまず命に別状はないでしょう」

傍らに立つ医官の説明を聞き、三人は一様に胸を撫で下ろした。

起こしてはいけないからと部屋を出て、さらに詳しい説明を聞く。

「左腕と右腿に深い矢傷を受けておられます。もしかすると……、麻痺が残るかもしれません」

フレイアは絶句し、目を潤ませた。

「それから……」

医官は言いにくそうに言葉を続けた。

「生涯、右目は見えなくなるかもしれません」

「それは……、失明するってことか？」

サイラスの問いに、医官が頷く。

「矢が掠って、右目を傷つけられたようです」

「そんな……！　なんとかすることはできませんか？」

「王都の一流の医師でも、光を失った目に再び光を取り戻すのは不可能でしょう」

「そんな……！」

フレイアが両手で自分の顔を覆った。サイラスも額に手をやり、天を仰ぐ。

セレンは静かに、ハロルドが眠る部屋の扉を見やった。

（本当に、フレイアを命がけで守ったということか……）

「サイラス殿、フレイア。私のせいで、ハロルド殿にこのような大怪我をさせてしまい、本当に申し訳ない」

セレンは心から、二人に頭を下げた。

クーデターを起こされたのも、戦闘に加わるフレイアを止められなかったのも、全て自分の甘さのせいだ、とセレンは思う。

だがフレイアは大きく首を横に振った。

「違います、殿下！　私のせいなのです！　私のせい！　私のせいでハルは……！」

フレイアは大粒の涙をこぼしながら顔を上げた。

「ハルをタンタルに帰さずそばに置いたのは私！　私が戦闘に出ればハルは必ずついて

くるのをわかってて……！　私の盾になるってわかってて、私は……！」

フレイアはそれ以降の言葉を続けられず、再び泣き伏した。

そんなフレイアの頭に、サイラスは優しく手を乗せた。

「いや……。そもそもハルをテルルに置いてきたのは私だ。元々は、私の罪だ」

三人三様に自分を責め、そして、黙った。

だが、ここでこんな話をしていてもハロルドが元通りになるわけではない。

サイラスはセレンに向き直り、たずねた。

「ハルが目を覚ますまで……、妹をそばに置いても良いだろうか？」

「お兄様！　でも……！」

フレイアはそれでもやはり、王太子妃である自分が騎士の一人を特別扱いはできないと思う。

公的にはハロルドはアルゴンから連れてきた騎士であり、多くのテルルの騎士が犠牲になっている今、なおさらそんな不公平なことはできない。

「では、ハロルドの寝台を私に用意していただいた部屋に移してもらえないだろうか。それなら、フレイアが兄の部屋に出入りしていると思われるだけだろう」

「……そうですね。サイラス殿さえよろしければそう致しましょう」

サイラスの提案に、セレンは深く頷いた。

ハロルドが目を覚ましたのは、翌日の午後だった。

光を感じて目を開けようとしたが、右目は何かに覆われていて、左目しか開くことができない。

それでもぼんやりと見上げると天井も壁も見たことがなく、知らない部屋で寝ているようだ。

起き上がろうとするも体が鉛のように重く、左腕を動かそうとすれば激痛が走った。

「……くっ……」

低く唸った瞬間、気を失う前のことを思い出した。

（そうだ、俺、たしか……）

何箇所か、矢を受けたのは覚えている。

（そうだフレイア！　フレイアは……！）

彼女の安否を知りたくて声を上げようとした時、いきなり誰かに顔を覗き込まれた。

「ハル？　気がついたの？」

フレイア！

ああ、フレイア、君だ！

愛おしい女性の顔を見て笑おうとしたが、その前に、ハロルドの顔を見たフレイアの瞳から涙が溢れ出した。

「ハル……！　ああ、ハル……！」

傷だらけのハロルドに抱きつくこともできず、フレイアはただぼろぼろと泣き出した。

「ハル！　よかった、目を覚ましてくれて！」

「フレイア……？」

そこまで泣かれるほどの状況だったのだろうか？

「私、ハルがこのまま目を覚まさなかったらどうしようかと……。ううん、命に別状はないって聞いたけど、でも、私すごく不安で……」

ハロルドはフレイアを安心させるように笑って、フレイアの前に右手を上げた。

フレイアは恐る恐るその手を両手で包み込むと、自分の顔を寄せて、その手に頬ずりした。

「ごめんね、ハル。ごめんね、私のせいで……！」

フレイアの涙で、ハロルドの手も濡れていく。

「……フレイアは？　怪我してないか？」

「私は元気だよ！　だってハルが守ってくれたから！」

「そっか、よかった。フレイアが無事で」

ハロルドはそう言うと、また笑った。

涙を拭ってやりたいが、左腕は動きそうもない。

「な～んか、二人で甘～い空気になってるけど、兄ちゃん妬けちゃうなぁ」

ひょこっと、フレイアの頭の上から顔を出したのはサイラスだ。

「こら殿下。邪魔しない！」

サイラスを叱っているのはソラリスで、二人とも、目を覚ましたハロルドを優しく見つめている。

痛み止めの薬のせいもあって、ハロルドはほぼ丸一日眠っていた。

いくら命に別状はないと聞いていても、いつまで経っても目を覚まさないハロルドが心配で、フレイアはサイラスやソラリスと共に、一晩中そばを離れなかった。

「……セレン殿下は？」

ハロルドの問いに、フレイアは小さく笑った。

「殿下もご無事よ。今、ドウェイン公爵たちを追討してるわ。王都から援軍が来て、合流したの」

「……ジュリアンたちは？」

「ジュリアンたちも少し怪我はしたけど、私の護衛騎士は皆無事よ。彼らは今お兄様の配下になって、この砦の警護にあたってるわ」

「サイラスの？」

「ええ。今はお兄様がここの留守を預かってるから」

ハロルドが眠っていた一日の間に、色々なことがあった。

まず、今日の昼前に、王都からの援軍が到着した。

その数五千。セレンの援軍要請を受けてから、丸一日という驚異の速さで辿り着いたのだ。

そして今、援軍はセレンの兵と合流し、ドウェイン公爵たちが逃げこんだ廃城を囲んでいる。

東の砦攻めでかなりの戦力を失ったドウェイン軍が白旗をあげるのは、時間の問題だろう。

セレンの兵が皆反乱軍攻めに向かったため、留守番を買って出たのがサイラスだった。

フレイアの護衛騎士たちはフレイアが砦に残ったため、暫定的にサイラスの配下となり、今、砦の警護にあたっている。

援軍の到着と同時に、宰相経由でアキテーク公クリスからセレンへの書状も届いていた。

義父ドウェイン公爵より決起への催促を受けた報告と、王都に残ったセレン派の宰相からの詰問に対する回答である。その内容は、自領から動かない、というものだった。

自分には王位への野心も興味もない。義父ドウェイン公爵より一緒に起つよう再三誘われたがその気がないので、二心がない証に自領に引きこもる。この件に関して、妻サーシャは何も知らない。

義父は自分が起てばアキテーク公も起たざるを得ないと考えたのだろう。

要約すれば、そんな内容だった。

その手紙を見たセレンは「兄上らしい」と笑った。

クリスは弟であるセレンを妬ましく、憎らしくは思っているが、だからといって王位に執着があるわけではない。彼は根っからの享楽主義者で、政治など面倒でしかないのだ。

王族としての仕事も、領地経営も、全て側近に丸投げするような人間なのだから、国王になるなどと、心底面倒くさいと思っているだろう。

ただ、義父から誘われたという言葉から、おそらく森での襲撃も、それに失敗したら離宮を襲うという計画も前もって知っていたと思われる。

襲撃でセレンが命を落とすならそれも良し、けれど、自分はクーデターに加わる気はないと、傍観の構えだったのだろう。

「アキテーク公はお咎《とが》めなしですか？」

フレイアの言葉に、セレンは首を横に振った。

「兄上が計画を知らなかったはずはない。だから、このままというわけにはいかないだろう。またいつ、担ぎ出されるかわからないしな」

「見せしめ、ということですか？」

「宰相がどこまで掴んでいるかわからないが……、まぁ、命まで取ることはあるまい」

フレイアは思わず息を呑んだ。

兄弟なのに……

「兄上は怠惰すぎる」

国王になりたいわけじゃない、自分でセレンを討つ気もないくせに、義父を止める気概もない。

ただ、流されているだけだ。

そんな風に生きていては妻のサーシャや、まだ幼い嫡男はどうなるのだろうか。

フレイアはあの美しい女性を思い出し、ため息をついた。

かつて夫の恋人だったというあの女性を。

「どちらにしろ、全て終わってからだ」

顔を上げたセレンに、フレイアも頷き返した。

セレンは今から、到着した五千の兵を率いて反乱軍を討ちに行くのだ。

「ご武運を」

「ああ、行ってくる」

剣を腰に差し、マントを翻す。戦の疲れでやつれてはいても、その姿は凛々しく、かつてのフレイアが憧れた貴公子そのものだった。

その去っていく後ろ姿を見送りながら、もう一度フレイアは、「ご武運を」と呟いた。

今回王太子は形式上の総大将であって、後方に控えていて攻め手に加わるわけではない。

おそらく危険はないと思われるが、それでも、やはり無事を願わずにはいられない。

離婚前提の旅行中に思わぬ変事に巻き込まれ、一緒に危機をかいくぐる間に、だいぶ情が通じたようにも思う。

友情にも似た、温かい情が。

「ハル」

現状を報告し終えると、フレイアは再びハロルドの手を両手でしっかりと握りしめた。

「ハル……、いつもそばにいてくれて、守ってくれて、本当に、本当にありがとう。それから……、こんな酷い怪我をさせてしまって本当にごめんなさい」

止まっていたはずの涙が、またフレイアの双眸から溢れてくる。

泣くのはずるい……、と、フレイアもわかっている。

これから言う言葉を聞いて、一番辛いのはハロルドなのだから。

けれど、ハロルドをこんな酷い目に遭わせてしまった自分を、フレイアはどうしても許せない。

そんなフレイアを、ハロルドは優しい目で見上げた。

「ハル、貴方の怪我なんだけどね……」

フレイアがそう言いかけた時、「待て、俺が話す」とサイラスが遮った。

「ハルは俺の指示でフレイアの護衛についた。ハルの怪我は、俺に責任がある」

神妙な顔のサイラスに、ハロルドは思わずというように吹き出した。

「なんだよサイラス。まるで、俺がもう助からないとでも宣告するような顔だな」

「馬鹿をいえ」

「だいたいお前の指示なんかじゃない。テルルに潜り込んだのは俺の意思だ。その意思をお前が聞き入れてくれただけだろ」

「いいから。黙って聞け」

サイラスに叱られ、ハロルドは「はいはい」と口を噤んだ。

「ハル、お前の右目はもう見えない。それから、矢を受けた左腕と右腿にも麻痺が残るかもしれない」

サイラスは一気に言い切り、頭を垂れた。

「すまないハロルド。俺は、お前から可能性を奪った」

頭を下げるサイラスの横で、フレイアがしゃくりあげて泣いている。

「こんなことを今言うのは違うとは思うが、俺の、生涯をかけて、償わせてほしい」

頭を下げ続けるサイラスに、ハロルドは何も言わない。

サイラスは拳を握りしめ、唇を噛み締めた。

突然右目の失明と手足の麻痺を告げられたハロルドに、『償い』など と……

一体どの口が言うのだ。

しばらくサイラスを見つめていたハロルドは、やがて静かにフレイアに握られている右手に目をやった。そして、言った。

「なんだ、そんなことか」

「ハル……？」

フレイアは涙でぐしゃぐしゃの顔を上げ、ハロルドを見つめた。

だがハロルドはあっけらかんとした顔で、なんなら口元に笑みさえ浮かべて、フレイアを見た。

「サイラスの奴があまりにも深刻な顔してるから、俺、余命宣告でもされるのかと思ったよ」

「余命宣告って……」

「俺、死なないんだよね？」

「死なないわよ！　死ぬわけないでしょ？」

「じゃあいいだろ。こうして右手は動くし」

ハロルドは、フレイアに握られている手の指を動かして見せた。

「足だって、歩けるんだろ？」

「歩けるわ！　歩けるけど……！」

「目も……。可愛いフレイアの顔が片方の目でしか見えないのは残念だけど、それでも十分可愛いってわかるし」

「ハル……」

「だいたいなんだよ、償うって。サイラスが俺を嫁にでも貰ってくれるのか？　俺、やだよサイラスなんて」

そう、ハロルドはこういう人だ。

心の中にどんな辛いことや悲しいことがあっても笑える、本当に優しくて強い人。

「利き腕は右だし、剣を持つにも差し支えない。俺は大丈夫だよ」

「ハル……」

フレイアはかける言葉をなくし、ただ、ハロルドを見つめた。

今は何を言っても謝罪の言葉しか出てこないし、ハロルドはそんな言葉を聞きたくはないだろう。

医官がやってくると、ハロルドはフレイアに傷を見せたくないと、彼女を部屋から追い出した。

笑顔こそ見せてはいるが、痛みを我慢して無理して笑っているのは明らかだ。

それでも、苦痛に顔を歪める自分など、フレイアには見せたくないのだろう。

部屋を出ていくフレイアに、「俺、腹減っちゃった。フレイア、何か食べさせて」などと軽口を言って笑う。丸一日眠っていたから空腹なのは本心なのだろう。フレイアも小さく笑うと、「お粥でも作ってくるわね」と頷いた。

「フレイアの手作り？」

「もちろん」

そうしてフレイアがハロルドに付きっ切りで看護にあたっている間、セレンはドウェイン公爵たちを攻め、圧倒的な兵力の差に、敵はすぐに降参した。

残党狩りを配下に任せたセレンが砦に戻ってきたのは、出兵して僅か二日後だった。

王太子の凱旋に砦内は歓喜で包まれ、たちまち祝勝の雰囲気で沸きかえった。

「王太子殿下が凱旋されました！」

ソラリスが部屋に飛び込んできたのは、ハロルドが目を覚ました翌朝、ちょうどフレイアが彼の口にお粥の匙を運んでいる時だった。

「そう！　それで殿下は？」

「ご無事なようです」

「よかった！」

無事と聞いて、フレイアは満面の笑みを返した。

いくら兵力に差があり勝ち戦と信じていても、戦では何があるかわからない。セレンが無事に凱旋したと聞いて、その僅かな不安が吹き飛んだのだ。

「おめでとう、フレイア」

フレイアから匙を受け取って、ハロルドが微笑んだ。

「早く行っておいで。妃は一番先に出迎えなきゃ」

「そうね……」

フレイアは立ち上がると、少し気まずそうに小さく笑って、部屋を出ていった。

砦は凱旋したセレンたちでたちまち賑やかになった。

「おかえりなさいませ、殿下。ご戦勝おめでとうございます」

フレイアは満面の笑みでセレンを迎えた。

「ああ、ありがとう」

セレンも柔らかく微笑む。

降伏したドウェイン公爵たちは、捕らえられ、王都に護送されることになった。

大部分の兵はそのまま王都に向かったが、セレンは残した側近と兵、そして近隣の領主たちを率いて東の砦に戻った。

妃フレイアを砦に残したままだし、サイラスが砦の留守を預かってくれていたからだ。

戦から帰ったセレンと兵は、疲れ果て、泥のように眠った。そしてその夜には、セレンの兵、近隣の領の兵、そしてサイラスの兵とで、戦勝祝いの宴が開かれることになった。近隣の領に逃げていた料理人や侍女たちが呼び戻され、砦の中は宴の準備で沸き立っている。

そんな中フレイアは、再びハロルドの傍らに寄り添っていた。

「セレン殿下が戻ってきたのに、妃がこんなところにいていいのか？」

ハロルドが心配そうに何度もたずねるが、フレイアは笑って首を横に振る。

「殿下だって疲れて眠っているわ。宴が始まる前には出ていくから心配しないで」

今、部屋にはハロルドとフレイア二人きり。ハロルドの顔は相変わらず右半分が覆われ、左腕には包帯が巻かれている。その痛々しい姿を見るたびに、フレイアはつい泣きそうになる。

「馬鹿ね……、ハルは……。私なんかのために、こんな体になっちゃって……」

フレイアはハロルドの顔の、覆われた右半分に手を伸ばした。

布に触れるか触れないかのところで指を止め、また瞳を潤ませる。

それを見たハロルドは唇を噛み締め、右手でフレイアの指を握った。

「もうやめてくれ、フレイア。俺が好きでやったことだ」

そう。ハロルドは望んでフレイアの盾になったのだ。

もうこれ以上フレイアに罪悪感を持たれるのは御免だと思う。

ハロルドは握ったフレイアの指をそっと下ろし、そして離した。

「傷が癒えたら、今度こそタンタルに帰ろうと思う。もう、君を困らせたりしない」

そう言ってハロルドは笑う。目元にも口元にも笑みを浮かべているが、その、黒曜石のような美しい瞳は今はもう片方しか見ることができない。

「ハル……」

フレイアはおもむろに懐に手を入れると、小さな、何か石の残骸のようなものを取り出した。

「これ……、覚えてる？」

ハロルドがフレイアの手元を見ると、彼女の手のひらには砕けた琥珀色の石がのっていた。

「……琥珀？」

「うん、琥珀。ハルがテルルに来た時、私にくれた琥珀」

ハロルドがサイラスについてテルル入りしたのは、フレイアの十七歳の誕生日の少し前だった。

あの時フレイアに贈った、蝶《ちょう》入りの琥珀。

「私ね、戦いの最中、これをお守り代わりに胸元に入れていたの。それで、戦が終わって気がついたら……、これが、粉々に砕けていたの。多分、私を守って、代わりになってくれたんだと思う」

服には裂けた跡などがあるにもかかわらず、フレイアに大きな怪我はなかった。

敵の剣先が胸元を掠ってヒヤリとしたこともあったが、この琥珀が守ってくれたのかもしれない。

「琥珀は柔らかいよ。盾になんて、なり得ない」

「ううん、違うの。そうじゃなくて。ハルは……、二重にも、三重にも私を守ってくれてるって言いたかったの」

フレイアは、先程ハロルドに離された手を、再び握った。

「だから私……、今度は私がハルの支えになりたい」

「……俺の、支え？」

真っ直ぐに見つめてくるフレイアに、ハロルドは絶句した。

彼女の言葉が呑み込めなくて、探るようにその瞳を見つめる。

「私、貴方の右目になりたい」

「……」

「今はまだ王太子妃の立場だから、口にはできないけど、でも、私……」

「待て、フレイア」

俺を支える？

右目になる？

……彼女は一体何を言っている？

これ以上聞いてはいけない。ハロルドの胸中をそんな言葉が過《よぎ》る。

「ハル、私……」

「待ってくれ！」

その時、部屋の扉を叩く音が聞こえた。

「姫様、そろそろ宴の準備を」

そう言って部屋に入ってきたのは侍女のソラリスだった。宴に参加するための着替えを促しに来たのだ。ハロルドはソラリスの姿を見るとほっとしたようにため息をついた。

そして起こしていた上半身をパタリと寝台に沈ませた。

「ハル？　どこか痛いの？」

心配そうに様子を窺うフレイアに、ハロルドは苦笑した。

「疲れただけ。俺は少し寝るから、宴に行っておいでよ」

そう言うとすぐに目を閉じる。

「わかった……。宴が終わったら、またすぐ来るわね」

フレイアは立ち上がると、名残惜しそうに何度もハロルドを振り返りながら、部屋を出ていった。


日が暮れると、王太子夫妻や側近、サイラス、そして近隣の領主を中心に、盛大に戦勝祝いの宴が繰り広げられた。兵たちも皆、今夜は無礼講とばかりに砦のそこここで飲んで騒いでいる。

セレンもホスト役となって近隣の領主たちをもてなしており、当然、戦勝の立役者となったアルゴン王太子サイラスは主賓とばかりにもてはやされている。

追討の間の留守居を無事に務めあげたサイラスは、明朝アルゴンへ向けて出発することになっている。

セレンもまた、サイラスを見送ってすぐ、砦を発って王都アッザムへ向かう予定だ。

王都に着いたら逆賊の処断、そして、兄クリスへの処罰を決めなくてはならない。

辛い任務が待っているため、せめて今夜は勝利に酔い、つかの間の休息を味わおうと、ささやかな宴を催《もよお》すことにしたのだ。

「サイラス殿、この度は誠に助かりました。お礼のしようもありません」

セレンはサイラスに酒を勧めながら、心からの礼を言った。

あの時サイラスが来てくれなければ、今こうしていることもできなかっただろう。

「いや、我々は縁あって義兄弟になった仲。力になれて嬉しく思います」

サイラスは盃を受けながら、そう言って笑った。色々と思うところはあるが、こんな理不尽なクーデターからセレンを救えたのは、素直によかったと思っている。

「殿下、お兄様はいつも飲みすぎるので、あまり勧めないでくださいませ」

横からフレイアが口を出すが、「お、フレイアも飲め飲め」と逆にサイラスになみなみと酒を注がれてしまう。そんなサイラスに、フレイアは苦笑した。

今回、多くの将や兵の命が奪われた。そういう者たちには、陰膳を添えて献杯を捧げている。

勝ったことは素直に嬉しいが、フレイアにすればとても祝杯をあげる気分ではなかった。

それにハロルドだって今こうしている間にも怪我の痛みに苦しんでいるのだから、早く戻ってついていてあげたい。本当はすぐに退席したいくらいだが、祝勝の雰囲気に水を差すのもどうかと思い、フレイアは酒に口をつけたふりをした。

またフレイアは、今回力を尽くしてくれた臣下たちに酒を注ぎ、声をかけて回った。王太子妃自らのねぎらいに恐縮しながらも、皆、喜んで杯を受けてくれる。そして口々に言うのだ。

『殿下はこのように強くて美しいお妃様を迎えられて幸せ者だ』

『二人の間に生まれるお世継ぎが楽しみだ』と。

戦場を共にくぐり抜けた臣下が、心の底から自分たちの世継ぎを楽しみにしている様子を目の当たりにして、フレイアはまるで彼らを騙しているような、なんとも言えない気分になった。

皆が、温かい目でフレイアたちを見ている。今回誰もが、夫を助け先頭に立って戦った妃に、そして義弟の危機を救ったアルゴン王太子に、信頼を寄せ、親しみを感じてくれている。

(殿下と別れるということは、この人たちの期待も裏切るということなんだわ……)

フレイアは身震いし、唇を噛んだ。

そしてそれは、セレンもまた感じていることであった。

子ができないのも、この先フレイアと別れるのもその原因を作ったのは全て自分。

それなのに、この期に及んでもなお、その咎《とが》をフレイアに押し付けようとしている。

理不尽な離婚の理由まで病気療養として、フレイアのせいにしようとしているのだから。

まだまだ宴が盛り上がっている中、セレンはフレイアとサイラス、そして側近のノエルと共にその場を引き上げ、そのまま自室に伴った。

自分たちがいなくなれば、臣下らはもっと心置きなく盛り上がることができるだろう。

自室と言っても砦内の仮の自室で装飾も何もない殺風景な部屋だが、明朝王都に発つセレンは、その前にどうしても話がしたかったのだ。

そしてそれは、フレイアとサイラスも同じ気持ちだった。

「サイラス殿。此度《こたび》のこと、あらためて、心から感謝申し上げる」

セレンは部屋に入るなり、再びサイラスに深々と頭を下げた。

まずは礼と、謝罪から話さなくてはならない。

本当に、感謝してもしきれないほど助けてもらったのだから。

「もう何度も聞いた。顔を上げてくれ、セレン殿」

サイラスは少々困ったように右手を上げた。

「クーデターなど、貴殿も全く想定外のことだったろう。だが……、私はどうしても今、貴殿と話さねばならぬことがある」

セレンはサイラスと一瞬目を合わせ、その気まずさからか即座に逸らした。

ハロルドから聞いて、サイラスが何故国境に向かっていたのかは知っている。

セレン夫妻の視察先を極秘裏に訪ね、離婚の話を切り出す予定だったという。サイラスは、成婚直後から愛する妹が蔑《ないがし》ろにされ、『白い結婚』を余儀なくされている事実を掴んでいた。

だがセレンだとて、この視察旅行を機にフレイアを解放してやる気だったのだ。

反乱のせいでなし崩しに離婚の話が流れては本末転倒だとも思っている。

「フレイアの……、今後のことですね」

セレンはあらためてサイラスと目を合わせ、そうたずねた。サイラスは黙って頷く。

「愚かな私のせいで、サイラス殿がフレイアを迎えに来たのは存じております。このような素晴らしい妹御を預けていただいたにもかかわらず、私は幸せにしてやることができなかった。本当に、申し訳ない気持ちでいっぱいです」

セレンの謝罪に、サイラスは目を見開いた。それは、危機を救ってもらったためにへつらう態度でも、離婚を迫られるであろう展開を思って拗《す》ねる態度でもない。

一年前にテルルを訪問した折とは全く違う、真摯《しんし》に己と向き合う態度だ。

「それは、フレイアを連れ帰ってもいいということですか？」

サイラスの質問に、セレンは大きく頷き、覚悟したように唇を噛み締めた。

そしてサイラスを見据え、今回クーデターなどなければ実行する予定だった計画を話し始めた。

誤解と、自分の愚かさからフレイアを蔑《ないがし》ろにし、妃として尊重してこなかったこと。

誤解を知ってからもプライドの高さから謝罪もできず、夫婦としての絆も築いてこなかったこと。

反省し、再構築したいと気づいた時には、すでにフレイアの気持ちは離れていたこと。

最早フレイアを解放するのが彼女に対する一番の贖罪と知ったこと。

全てを告白し、離婚の計画まで立てていたことを知り、サイラスは驚きを隠せない。

そしてセレンは、こうも続けた。

「今回アルゴンからどれだけ尽くそうとも返せないほどのご恩をいただいたこと、テルル国民は皆知っています。そのアルゴンの王女と離婚などと、民からは愚の骨頂と謗《そし》られるでしょう。けれど、それでも、私はフレイアをアルゴンにお返ししたいと思います。それが、助けていただいたサイラス殿への感謝の気持ちであり、幸せにしてやれなかったフレイアへの贖罪です」

いっそ清々しくもあるセレンの真摯《しんし》な態度に、サイラスの心の中に僅かに迷いが生じた。

そっとフレイアを窺うと、彼女は目に涙を浮かべ、グッと堪えるようにセレンを見つめていた。

「フレイアはそれでいいのか？　セレン殿は以前とだいぶ変わられたようにお見受けする。今のセレン殿とならば、上手くやれるのではないか？」

それは、偽りなく、妹を想う兄の気持ちだった。

元々フレイアはセレンに一途に恋をしていたのだから。

だがフレイアは静かに涙を流し続けるだけ。

そこに、「お待ちください」と口を開いたのはセレンの側近ノエルだった。

「私も……、お二人の約定のことはお伺いしております。三年で離婚する予定であること、それから今回の視察旅行での計画のことも。そもそも殿下が妃殿下を蔑《ないがし》ろにしていることを知りながら、夫婦のことと、そのままにしてしまった私たち側近にも咎《とが》があります。でも、それでも……、私からも一言言わせてください」

ノエルはフレイアの前に回り込み、跪《ひざまず》いた。

「お願いです、フレイア妃殿下。どうか私たちと一緒にアッザムにお帰りください。そして、どうか末永く、セレン殿下の隣にお立ちください。殿下は以前の殿下ではありません。貴女様にしたことを本当に、心の底から悔いております。どうか慈悲の心で、どうか、我が国の未来の王妃として王都にお戻りください」

跪《ひざまず》き、深々と頭を下げるノエルに、フレイアははらはらと涙をこぼす。

「わ……、私は……」

それでも口を開こうとしたフレイアを、セレンが遮った。

「いい。答えずともよい、フレイア」

そして鋭い眼差しでノエルを見据えた。

「やめろ、ノエル。フレイアを困らせるな」

「しかし、殿下……！」

「私たちのこれからのことについては、私たち二人でよく話し合って決めたこと。口出しは無用だ」

「ですが、殿下ご夫妻の問題は個人の話におさまりません。貴方は我が国の王になられる……」

「だからだ。国王になってからでは余計に離婚など難しい。だから、今なのだ」

たしかに、この思いもよらない変事で、計画していた離婚への筋書きは全て崩れてしまった。

叛逆者《はんぎゃくしゃ》の処断のために明日には王都に戻らねばならず、必然的に視察旅行を続けることも、視察先でフレイアが病を得る計画もなくなってしまった。

そもそも、弓矢や剣を手に先頭を切って戦っていた妃が病を得るなど、計画自体に無理がある。

人の口に戸は立てられない。今回の王太子妃の活躍は、すぐに王都の民に広がるだろう。だから、もしこのままフレイアと共に王都に凱旋などすれば、民の英雄として祭り上げられるのは確実。離婚など、とてもできなくなる。

しかし、ここまで活躍してしまった妃を王都へ連れ帰らずそのまま離婚などすれば、セレンへの風当たりはさらに、相当に酷いものになるだろう。

今回フレイアはセレンを命がけで守ってくれたが、それを『恋慕の情』からなどと今さら誤解してはいない。彼女は王太子妃として、王太子を守るために戦ったのだ。

だから、約束を反故にすることだけは絶対にしてはいけない、とセレンは思う。

夫への愛がなくとも王太子妃として毅然《きぜん》と立ち、王太子を守ろうとしたフレイア。

たとえ報われなくとも、自分の命を賭してまでフレイアの盾になろうとしたハロルド。

妹を蔑《ないがし》ろにされて複雑な思いを抱えながらも、義理故に義弟セレンを助けに来たサイラス。

たとえ彼女と離婚してからの道がどんなに困難であっても、引き際を見誤ってはならない。

自分が幸せにできなかった妻の背中を押してやる。それが、せめてもの彼の矜持《きょうじ》なのだ。

「でしたら、フレイアは、私がこのまま連れ帰りましょう。溺愛する妹がクーデターに巻き込まれたことに憤慨した私が、無理矢理里帰りさせるのです」

「サイラス殿、それでは貴殿が……」

「私が激怒しているのは本当です。ノエル殿、未来の王妃としてなどと、そんな立場をフレイアに押し付けないでいただきたい。最初に妃としてのフレイアを否定したのは貴殿らだろう。明朝セレン殿がここを発つのと同時に私たちもアルゴンへ戻ります。一度フレイアを連れ帰れば、もう二度とテルルに返すつもりはないので、後の理由はそちらで勝手に考えていただきたい」

サイラスはしれっと、そんなことを言い出した。

「その代わりというわけではないが、新たに我が弟とセレン殿の妹であるテルル王女との縁組を提案します。ただ、お互いの気持ちを無視してはいけない。そんなことをすればまた以前と同じようなことが起きるでしょうから。数年のうちに最低十回は顔を合わせ、お互いに気に入れば婚約するという形ではどうでしょう」

フレイアを引き取る代わりに新たな縁組を。

そんなことをサラリと提案してきたサイラスの用意周到さに、セレンは目を見張った。

サイラス主導で話が進められるが、今のセレンにはそれに抗う術《すべ》も、拒否する理由もない。

話はついた。サイラスはフレイアを促して席を立つ。

扉に向かって歩き出そうとするサイラスに、セレンは声をかけた。

「サイラス殿……、サイラス殿の大事な妹御を幸せにできず、本当に申し訳なかった」

セレンのその言葉に、サイラスは苦笑しながら振り返る。

「多分……、二人とも若すぎたのでしょう」

「……若すぎた？」

セレンより一瞬早く、フレイアが反応する。

「あの頃のフレイアは幼く、恋に恋する少女だった。結婚に夢見すぎていたのだろう。一方のセレン殿は猜疑心《さいぎしん》が強すぎて、大らかに他人を受け入れることができなかった。出会いが数年違っていれば、良いパートナーになり得たかもしれないのに」

サイラスの言葉に、二人とも沈黙した。

出会いが数年違っていれば……、たしかに、そうだったのかもしれない。

けれど、そうではなかったのかもしれない。

出会った頃のセレンは井の中の蛙で、傲慢で未熟な若者だった。

フレイアは幼い、夢見る少女だった。

そんな二人の結婚がもたらしたもの。

それは。

寄り添い合う未来は築けなかったが、互いに影響を与え合ったおかげで成長した部分もある。

そんな二年間だったのではないだろうか。


「よかったのか？　あれで」

セレンの部屋を後にし、ハロルドが待つ部屋に向かいながら、サイラスがフレイアにたずねた。

フレイアをアルゴンに連れ帰ると宣言したことを指しているのだろう。

「私が一番に望むのはお前の幸せだ。王族同士の結婚が惚れた腫れたでくっつくものじゃないというのは理解していたが、それでも、フレイアには想い合う夫と一緒になってほしかったんだ。側近も言っていたが、セレン殿は別人のように変わられた。お前に対する態度も、一年前とは比べ物にならない。もしこのまま戻って後悔するようなら……」

「お兄様」

フレイアは神妙な顔で兄の言葉を遮った。

「たしかに結婚する前から、私はセレン殿下が大好きでした。勝手に憧れ、勝手に幸せな結婚生活を夢見ていたのです。けれど、期待が大きすぎたのでしょうね。嫁いですぐに冷たくされた時は本当に悲しくて。それでも王太子妃として認められたくて、居場所を作りたくて頑張ったのにことごとく裏目に出てしまって……」

フレイアはこの二年余りを振り返るように、遠くを見つめた。

初夜に放っておかれた時。

白い結婚を言い渡された時。

喉元に剣を突きつけられた時。

サーシャの存在を知った時。

ハロルドとの不倫を疑われた時。

そのたびにもう期待しないと心を閉ざしながらも、やはり悲しく、切なく、情けなかった。

「このクーデターという混乱を切り抜けて、たしかに、殿下とは今までより通じ合えた気がします。私は今、セレン殿下に友情みたいな親しみを感じているし、殿下も私に信頼を寄せてくれているのを感じるわ。多分テルルに残っても、私たちはそれなりに上手くやっていけると思う。それに本当は、この先の人生をテルル王太子妃として全うするのが、皆が私に期待する姿だと思います」

そう言うとフレイアは、兄を見上げ小さく笑う。

「でもねお兄様、私の殿下への想いは、もう決して『恋』にはならないの。もう、セレン殿下の隣で王妃として立つ自分を思い描けないのです」

「そうか……」

妹の言葉を聞き、兄は優しい目で頷いた。

「それにね、たくさん勉強して、お父様とお兄様の力になりたいっていう新しい夢も目標もできたわ。お兄様、王太子妃としての立場より自分の想いを優先する私は、我儘《わがまま》でしょうか？」

「いや……、フレイアは二年間よく頑張ったよ」

サイラスはフレイアの頭に片手を乗せ、わしゃわしゃと掻き回した。

「もうお兄様！　髪がぐちゃぐちゃになってしまうわ！」

そう言いながらも兄の手から逃げようともせず涙目で見上げる妹を、兄は本当に愛おしそうに見つめていた。

「私の力になる、か……。大人になったな、フレイア。でも私は、お前が誰かと想い合える未来を諦めたくはないよ」

「私だって諦めてはいないわ」

兄を見上げ、フレイアは悪戯っぽく笑った。

「よし。俺とお前と……、それからハルと。三人で、アルゴンへ帰ろう」

「ええ」

兄の言葉に、フレイアは大きく頷いた。そのまま和やかに談笑しながらハロルドのいる部屋へ続く回廊を歩いていると、何やら向こうの方が騒がしいことに気がついた。

「姫様！」

こちらに向かって血相を変えて走ってくるのは侍女のメアリで、フレイアはその慌てぶりに驚いて立ち止まった。

「どうしたの？　メアリ」

「姫様！　ハロルド様がおられません！」

「…………え？」

「申し訳ありません！　よく眠っておられたので、その間に食事を作ってこようと思ったんです！　食事を持って戻りましたら、その、布団が丸めてあることに気がついて……」

「ソラリスは？」

「ソラリスが気づいたんです！　捜しに行ってしばらく経ちますが、まだ戻りません」

「ハル……！」

フレイアとサイラスはハロルドのいた部屋に駆け込んだ。ベッドの上に丸めた布団があり、これに布団をかければちょうど人が寝ているように見えるだろう。

フレイアはハロルドの騎士服も剣もないことを確認して、言葉を失った。

「冷たいな……。発ってからしばらく経つんだろう」

寝床に手を入れたサイラスの言葉に、メアリがわっと泣き出した。

「姫様！　サイラス殿下！」

呆然と立ち尽くすフレイアの前に、ソラリスが駆け込んできた。

「馬が！　ハロルド様の馬がありません！」

察しの良いソラリスは厩舎に行ってハロルドの馬を確認してきたようだ。

「厩舎の中には人がおらず、途中、ハロルド様の姿を見た者もおりません！」

砦内の者は今、戦勝祝いに浮き立っている。

皆の意識が宴に向かっている中、ハロルドが砦を抜け出すのは至極簡単だったことだろう。

「ハル……！　あんな体で、どうして……！」

そう呟くと、フレイアは踵《きびす》を返して部屋を出ていこうとした。

「待てフレイア！　どこへ行く？」

サイラスが咄嗟にフレイアの腕を掴んだ。

「ハルを追います！」

「闇雲に追っても無駄だ！　どこへ向かったのかもわからないんだぞ？」

「ハルはきっとタンタルへ向かったんだと思います。だから……！」

「タンタルへ入る術《すべ》も何通りかある。アルゴンを抜けるか、テルルから直接入るか。アルゴンに入ってからもどのルートを使うかわからない」

兄の言うことはわかる。けれど、動くのもやっとのあの体で、馬に乗るなんて無茶だ。

それにハロルドは今、片目しか見えていないのだ。それを思えば、じっとなどしていられない。

「あんな不自由な体で……！　どうして？　どうしてハルはこんな無茶をするの？」

ハロルドの矢傷は深く、全快にはまだ時間がかかるはずだ。

だから、アルゴンに向かう際には馬車に乗せ共に連れ帰るつもりだった。

「とにかくハルを追うわ！　あの体では、まだそれほど遠くには行ってないと思うもの」

サイラスの手を振り払って行こうとするが、兄はフレイアの腕を離さない。

「駄目だフレイア。お前はまだテルルの王太子妃だろう？」

「それは……。でも、ハルを連れてすぐ戻れば……」

「駄目だ。クーデター直後の混乱の中、フレイアを行かせるわけにはいかない。私の配下に追わせるから、お前はここに残り、私と共にアルゴンへ帰るんだ」

「お兄様……」

「心配するな。必ずハルを見つけ出して、無事タンタルの王宮に到着するのを見届けさせるから」

フレイアはサイラスに掴まれている腕を、黙って見つめた。

たしかに、頭に血が上ってとんでもないことをするところだった。

フレイアはまだテルルの王太子妃なのだ。

ここで感情で動いてハロルドという一人の男性を追ってしまったら、フレイアに傷がつかない形で解放してくれようとしているセレンの気持ちにも、セレンに非難が集中しない形でフレイアを連れ帰ろうとしてくれている兄サイラスの気持ちにも応えられない。

「わかりました……」

フレイアは涙を堪え、小さく頷いた。

「フレイア……、ハルが去ったのは、お前の足枷になりたくなかったからだ」

「……わかっています」

ハロルドはサイラスが妹を連れ帰るつもりでいることは知っていても、フレイア自身が離婚を決めていることも、それをセレンが受け入れていることも知らない。

おそらく、これからの二人に自分の存在が邪魔になると思ったのだろう。

「ハル……、貴方は、どこまで……」

フレイアはそう呟くと、その場に膝をついた。

胸元からハンカチを取り出すと、それをそっと開く。

そこには、粉々になった琥珀のお守りが包まれていた。

「ハル……、ハル……」

泣きじゃくる妹を、サイラスがそっと抱きしめる。

「大丈夫だフレイア。あいつは大丈夫だ……」

サイラスは急ぎ配下の者に指示を出し、タンタルへと続く全ての道へ向かわせた。

数刻前。東の砦が戦勝祝いで沸き立つ中、ハロルドはそっと砦を抜け出していた。

勝ち戦に浮かれている城内で、ハロルドを気に留める者はない。マントを羽織り、深くフードを被って顔を隠したハロルドは、闇の中、タンタルとの国境に向かって馬を走らせた。

目も、腕も、脚も。気が遠くなりそうなほどの痛みに耐えながら、ハロルドは馬にしがみつき、ひたすらタンタルを目指す。

これ以上あの場にいれば、フレイアの邪魔になるのは必然だった。

そもそも護衛騎士としてそば近くにいた自分がこんな体になってしまっては、もう役に立ちそうにもない。それに、今さらセレンとフレイアの間に入り込む気もないし、入り込めるとも思わない。

あの二人はすれ違ってしまってはいたが、心の底では通じ合っているのだから。

フレイアとセレンはいわゆる普通の夫婦ではなかったが、それでもハロルドは、フレイアから離婚したいという言葉を聞くことはとうとうなかった。

連れて逃げるというハロルドの言葉に一度も頷かなかったし、ハロルドの告白にも応えてはくれなかった。人妻故にというのもあるだろうが、それだけではないだろう。

人は、困難にぶち当たった時真実が見えると言う。

あの二人は、このクーデターという突然の困難に、手を携え、一緒に切り抜けていた。

たしかに二人、通じ合っていたのだ。

だから、もういい。

フレイアが幸せでないなら連れ出すつもりだったが、彼女が幸せならいいのだ。

彼女はこの国に受け入れられていて、ちゃんと王太子妃をやっている。

そしてセレンがしっかりとフレイア自身を見て幸せにしてくれるなら、それが一番いいのだろう。

馬を止め、後方の、砦があるだろうと思われる方を仰ぎ見る。

遠く離れたそこは真っ暗闇で、空に輝く星しか見えない。

『貴方の右目になりたい』

彼女はそう言っていた。けれど、あの気持ちは『恋』ではない。

(同情や贖罪なんて御免だ……)

「幸せになれ、フレイア」

ハロルドはそう呟くと、再び馬を走らせた。

病床にいる時、フレイアの目を盗んで、ヴァンを飛ばしていた。

ハロルドの手紙を見た長兄は、きっと国境まで迎えを寄越してくれるだろう。

タンタルに戻ったら、今まで自由にさせてもらった分、父に、兄に、恩返ししたいと思う。

不自由な体になってしまったが、勉学に励み、誠心誠意、国に仕えたい。

そして、いつか国王になる兄の片腕として恥ずかしくない自分になれたら。

その時は、また、再び会えることもあるだろうか。

立派に、テルル王妃として立つフレイア、君に。


その夜。フレイアは一睡もできないまま、まんじりともせず夜を過ごした。

心にも体にも傷を負わせたままハロルドを去らせてしまった後悔と、何度も気持ちを伝えてくれた彼に応えられなかった後悔で、居ても立ってもいられない。

それに、夜が明ければ、セレンとの別離も待っている。

そんなフレイアの心とは裏腹に翌日は見渡す限り晴れ渡り、爽やかな朝となった。

朝食は、セレンの希望でフレイアと二人でとることになった。

向かい合って食事の席に着くのは久しぶり。

砦の中の石造りの部屋は寒々しさを感じるが、それでも料理人の心のこもった料理を前に、フレイアはセレンと目を合わせ、困ったような笑顔を浮かべた。

この食事を終えればフレイアはサイラスと共にアルゴンへ、セレンは兵を率いて王都へ向かう。

これが多分、夫婦としての最後の食事になる。

「ハロルドが去ったと聞いたが……」

食事を口に運びながら、会話の口火を切ったのはセレンの方だ。

宴の最中にハロルドが砦を去ったことは、セレンも昨夜のうちに報告を受けていた。

「ええ……。無事タンタルに入ったのを兄の配下の者が見届けたそうです」

フレイアは淡々と事実だけを告げる。

ハロルドは国境まで迎えに来た馬車に乗せられ、タンタルの王都に向かったと言う。

「……追わなくてよかったのか？」

セレンの問いに、フレイアは静かに頷く。

「昨日までのハロルドは私の護衛でした。でも今日からのハロルドはタンタルの王子です。今の私が追えば、それは醜聞でしかありません」

フレイアはセレンの目を見て、きっぱりと答えた。

正直ハロルドの失踪を聞いた時は狼狽《うろた》えたし、すぐに追走しようと思った。

だが、兄サイラスに止められ、考えを変えた。今のフレイアに彼を追う資格はない。

そんな当たり前のことを、頭に血が上った自分は失念していた。

「タンタルは医療の進んだ国ですから、ハロルド王子の治療に全力を尽くすことでしょう」

「そうか……」

セレンは小さく笑って見せると、再び口を閉ざした。

これから別れる妻と、一体何を話せばいいというのだろう。もう覚悟はできているし諦めもついているが、口を開けば、やはりどうしようもない未練や後悔がこぼれてしまいそうな気がする。

この食事の場を望んだのは自分であり、最後かもしれないのに気の利いた言葉一つ発せないことが情けないとは思うが、だったら何を話せばいいのだろう。

もう『好きだ』とも、『残ってほしい』とも告げることはできないのだ。

しばらく黙って食事を続けていると、フレイアはふと顔を上げ、窓の外に目をやった。

「今日は……、良い天気ですね」

「……そうだな」

セレンも外に目をやる。陽はだいぶ高くなり、射し込む光も短くなった。

泣きたくなるほど良い天気だと思ったのは、ついさっきのことだ。

「私がテルルに嫁いできた日も……、こんな晴れ渡った日でした」

窓の外に目を向けたまま、フレイアが呟く。

それはセレンに伝えるというよりも、自分の中で、ただなんとなく思い出したという呟きだ。

あの日のフレイアは、憧れの人に嫁ぐ期待を胸に、夢を膨らませていた。初めて見るテルルの王都全てが輝いて見え、晴れ渡る青空も祝福してくれているような気がしたものだ。

「……そうであったか」

フレイアの顔に視線を移し、セレンも呟く。

あの日、フレイアを出迎えもしなかったセレンは、当然天気など覚えていない。彼女がテルル入りしてからも全く足を運ぼうとせず、結局初めて顔を合わせたのは結婚式の当日だったのだから。

その結婚式当日のフレイアについても、ただ、やたらと赤く見えた髪の色と、キラキラと自分を見上げてきた琥珀色の瞳だけが印象に残っている。

そう、琥珀色の瞳。

初対面の時、彼女はキラキラと輝く、期待に満ちた瞳で自分を見つめてきた。

あの時あの瞳に応えてさえいれば、今が変わっていたのだろうか。

いや、間違いなく変わっていたのであろうな。

セレンは自嘲気味に笑い、再び窓の外に目をやった。

食事を終えると、フレイアは居ずまいを正し、セレンと向き合った。

「二年間という短い間でしたが、たくさん貴重な経験をさせていただき、また、成長させていただきました。テルルでの経験、生涯忘れません」

真っ直ぐに見つめてくる瞳に、思わず胸をつかれる。

何か話さなければと思うが、思うように言葉が出ない。

そんなセレンを、フレイアは慈愛のこもった眼差しで見つめ、小さく笑った。

「あの時……、配下の者のためにご自分の首を差し出すとまでおっしゃった殿下に、私は心を打たれました。貴方は、必ずや立派な君主になられると信じています。私が至らないために短い間ではありましたが、殿下の妃でありましたこと、誇りに思います。ずっとこの先も、貴方は私にとって初恋の人であり、大事な人であることに変わりはありません」

それを聞いたセレンは唇を噛んだ。

伝えたいことは山ほどある。

だが、セレンの口からこぼれた言葉は、たった一言だった。

「私も、そなたに出会えたことに感謝する」

混乱の最中《さなか》、フレイアを命がけで守るのは自分でありたかった。

だが、それよりもはるかに強い想いを、セレンは知っている。

そして、初恋で、大事な人と言った彼女の気持ちが、もう恋になることはないことも、知っているのだ。

食事を終えると、セレンは大きく息を吐き、ゆっくり立ち上がった。

フレイアも立ち上がり、背筋を凛と正す。

セレンはしばらくフレイアを見つめた後、笑顔を見せた。

そして、右手を差し出した。

「幸せになれ、フレイア」

フレイアも右手を出すと、セレンの手としっかり握り合わせる。

そして、困ったように小さく笑った。

「貴方も、お元気で」

その大きな瞳いっぱいに今にもこぼれそうなほど涙をたたえ、フレイアは笑う。

「さらばだ、フレイア」

「さようなら、セレン」

最後にただ一度きり名を呼んだ時の彼女の、泣き笑いの表情を、セレンは生涯忘れないだろう。

旅支度を整えたフレイアは、兄サイラスに連れられ、故郷アルゴンへ向けて発った。

セレンは自分の未熟さから幸せにしてやれなかった女の背中を見送って、大きくため息をついた。

「逃した魚は大きいですね」

隣で不貞腐《ふてくさ》れたように憎まれ口をきいているのは、唯一フレイアがもうテルルに戻らないと知っている側近ノエルだ。

「殿下、ご存知でしたか？　アルゴンの標準語は、テルル語ではないのですよ？」

「そんなこと、もちろん知って……」

そこまで言って、言葉を濁す。言われてみれば、アルゴンの標準語はテルル語ではなく、タンタルやクロムと同じツリウム語であった。

だというのに、フレイアは流暢なテルル語を話していた。セレンと話す時も、民と話す時も。

「妃殿下のテルル語は完璧でしたね。おそらく、嫁ぐ前に一生懸命言葉を習得されたのでしょう」

もう、ノエルの言葉は耳に入っていなかった。

初対面での彼女は、瞳を輝かせ、頬を薔薇色に染め、流暢なテルル語で挨拶していた。

(私は、そんなことさえ……)

遥か遠く……、フレイアの乗る馬車が去っていった方へ目を向ける。

もうとうにその姿はなく、ただ、アルゴンに続く道と、青い空しか見えない。

(幸せになれ、フレイア)

セレンはそう、そっと心で呟くと、踵《きびす》を返した。

自らも急ぎ王都アッザムに向けて出発しなくてはならない。

王都では、難題が山ほど待っているのだから。

クーデターを制圧して王都に凱旋した王太子は、たちまち国民の英雄になった。

だがその隣に王太子妃の姿はなく、ただ、静養のために故国に戻ったと伝えられるのみ。

国家を揺るがす一大事件を先導したドゥェイン公爵ら主な叛逆者《はんぎゃくしゃ》は処刑され、家は取り潰しになった。クーデターに名を連ねていないまでも、彼らの縁者たちも降格処分を受け、反対に王太子側で活躍した者は叙爵されたり、領地や褒美を与えられたりした。

また、アキテーク公クリスは公爵位を返上させられ、新たに、伯爵位に叙された。

広大な領地も取り上げられて辺境の小さな地を与えられ、夫人、嫡男と共にそこに移ったらしい。

新たな領地の周辺はセレン派の貴族に囲まれて常に監視されているような状態で、事実上の隠居であると揶揄されている。


クーデターによる王権の失墜を回復し、信用を取り戻すため、セレンは精力的に働いた。

民の声を良く聞き、身分に関係なく、経済、教育と、あらゆる方面に優秀な人材を確保した。

また、フレイアと約束した通り、女子教育にも力を注いだ。

そして、ドウェイン公爵のクーデター未遂事件から一年後。

セレン王太子の国王即位と、王太子夫妻の離婚が同時に発表された。

慶事と同時に発表された一大事に、テルルの王都アッザムは騒然となった。

国民から人気のある王太子妃が突然姿を消し、そのまま離婚となったのである。

しかも離婚理由は明らかにされなかったため、様々な憶測を呼んだ。

不仲説、不妊説、不倫説。それに加えて離婚後のフレイア妃がビスマス領を自治領として統治すると発表があり、さらに国民は不思議に思った。

だが、セレン王太子、またテルル国民がこの先ビスマス領を侵したりすることは決してない。

クーデターの折に活躍したのはフレイアであり、またその兄のアルゴン王太子であったのだから。

いらぬ内乱に民を巻き込み、無駄な血を流すことなく、平和に解決したのである。

アルゴンに感謝こそすれ、敵対することはあり得ないだろう。


王太子妃はクーデターの折に二目と見られないような大怪我をしたとか、王太子の女性関係のせいで仲が拗《こじ》れたとか、妹がクーデターに巻き込まれたことに激怒したアルゴン王太子が連れ帰ったとか、アッザムの民は様々に憶測した。

だが結局、確実な理由は杳《よう》として知れなかったのである。

そして即位と離婚の発表から僅か三ヶ月後、セレン王太子の戴冠式が執り行われた。

盛大な式ではあったが、戴冠も宣誓も隣に立つ者は誰もなく、全て一人で立ったのである。

「姫様！　試作品が出来上がったのでご覧になってください！」

部屋に駆け込んできたメアリが手にしている服を見て、フレイアは目を細めた。

「うーん、思ったより野暮ったかったかしら。ここをもっと、詰めて……」

「ここですか？」

職人の一人が、フレイアに言われた腰の辺りを摘《つま》んでいる。フレイアが最近手がけているのは活動的な女性服で、働く女性たちに根強い支持を得ているものだ。

サイラスと共にアルゴンに戻ったフレイアは二年間大学に通い、会社経営と領地経営について徹底的に学んだ。そしてセレンと離婚が成立した一年後、それまで代理領主を置いていたビスマス領に入り、自ら領地経営を始めた。

かつてアルゴン領であったビスマスは今も親アルゴン派が多く、自治領となってフレイアが統治することに、ほとんど波風は立たなかった。

しかもフレイアは自分の立てたシルクブランドの拠点をビスマスに置くと宣言したため、桑、蚕、絹の生産地であるビスマスの領民は喜んで歓迎したのである。

領地に入って二年、テルルを去ってからはすでに四年。今やフレイアのシルクブランドはアルゴンのみならず、テルル、タンタル、クロムの働く女性たちの身を飾っている。

アルゴンの民も当然自国の王女が出戻ってきたことに一時騒然となったが、やはり誰も理由はわからないままだ。

そして最近。アルゴンのライリー王子と、テルルのシャルロット王女の婚約が発表された。サイラスの提言通り、この三年間何度もお互いの国を行き来し、気持ちを通じ合わせ、結んだ婚約である。

そのサイラス王太子もまた、国民をあっと驚かせる結婚を果たした。

フレイア王女の侍女であり、元女騎士のソラリスを正妃に迎えたのだ。

しかも、「我が妻は生涯ただ一人。側妃を迎えることはない」と宣言までした。

侍女とはいえソラリスは伯爵令嬢であるが、それでも、慣例通り他国の姫君を正妃に迎えるのだろうと大方の民が予想していたため、皆驚いた。

この二つの慶事にアルゴン国民は熱狂し、いつしか、フレイア王女の離婚話の噂は下火になっていったのである。

その頃タンタルでは。ハロルドの長兄が国王として即位し、その一人娘が王太女として立てられていた。ハロルドは臣籍降下と王位継承権の放棄を兄に願い出たが、それは却下された。

王弟として王族にとどまり、身内としてずっとそばにいてほしいと請われたため、ハロルドは王弟の身分のまま政務に携わっている。

この後《のち》は兄と姪の統べる国のために生涯尽くすつもりであり、研鑽を積んでいるところだ。

そうしてタンタル内政の中枢に名を連ねるようになってからは、かつての自由でやんちゃな面影はすっかりなくなり、時に冷淡に、辣腕《らつわん》ぶりを発揮している。

私生活の方では、当年二十五歳になるが未《いま》だ独身である。

自国、他国から持ち込まれる縁談は数限りなくあるのだが、ハロルドは全く興味を示さない。

結局、彼の右目の光は失われ、今は黒い眼帯で覆われている。

隻眼《せきがん》ではあってもハロルドのその整った容姿に憧れる令嬢は少なくないのだが、ことごとく縁談を突っぱね浮いた話もないことから、堅物の隻眼《せきがん》王子と畏怖する者も多いらしい。

フレイアは時々、そんなハロルドの噂を耳にする。

だが、四年前に東の砦で別れて以来、二人は会うことも、手紙のやり取りさえもしていない。

ハロルドは王弟として政務に、フレイアは領地経営とブランド経営に、それぞれ没頭していたのだ。


「今日は、セレン陛下のご成婚の日だな」

「そうね。私も嬉しいわ。ずっと、セレン陛下には幸せになってほしいと思っていたから」

ビスマス領に訪ねてきたサイラスの言葉に、フレイアは満面の笑みで応えた。

サイラスは王太子として忙しく、また家族もあるというのに、こうしてよくお忍びでビスマス領を訪れるのだ。

フレイアがテルルを去って四年、離婚が成立してから三年。

今日、元夫セレンがクロムから正妃を迎える。

その報《しら》せを聞いた時、フレイアは安堵《あんど》し、そして心の底から嬉しく思った。

(どうか、今度こそお幸せに……)

そう願わずにはいられない。

「それで、行くのか？　フレイア」

サイラスが悪戯っぽくたずねてくる。

その言葉に、フレイアは大きく頷いた。今からハロルドに会いに行くのだ。

東の砦で別れて以来四年、フレイアはハロルドと会っていない。

あの日まで、ハロルドはいつも、フレイアを見守っていてくれた。

だから、アルゴンに戻った日から、いつか、ハロルドを訪ねようと考えていた。

でもそれは、セレンが幸せになるのを見届けてからと、ずっと思っていたのだ。

「ハルにはもう恋人がいるかもしれないぞ。あれで、結構モテるらしいからな」

「そうね……」

今さら訪ねたからと言って、ハロルドがどう思うかはわからない。

あの頃はフレイアを想ってくれていると言っていたけど、それこそ、今はわからない。

今のハロルドの活躍、未《いま》だに妻子がいないことも聞いてはいるが、恋人の有無までは知らない。

兄が言ったように、人気があるのは本当らしいし、もしかしたら、今さら迷惑かもしれない。

でも……、それでも、フレイアはハロルドに会いに行こうと思う。

フレイアがタンタルを訪れたのは、桜が咲き乱れる季節だった。

『タンタルにも、アルゴンから贈られた桜並木があるよ。今度フレイアを連れていきたいな』

かつて、ハロルドはそう言っていた。

そして今、フレイアは、その桜並木の手前で馬車を降り、桜を見上げながら歩いている。

舞い落ちる花びらを手のひらに受けながら、桜の花と枝の間から覗く抜けるような青い空を見上げる。同じようにたくさんの家族や恋人たちが寄り添い、桜を見上げ、笑みを浮かべている。

（平和だな……）

アルゴンも平和だけれど、タンタルも平和そのものだ。

大きな桜の下では人々が円になり、酒を飲んだりご馳走を食べながら桜を愛でている。

「乾杯！」

ひときわ大きな掛け声に思わずそちらを向くと、十人くらいの男女の集団が花見を楽しんでいる。

「何に乾杯する？」

「やっと決まった、王女様の婚約に！」

いつの世も、王族の婚姻、色恋沙汰、スキャンダルは庶民の興味の的だ。

そして今のタンタルでは、将来女王になる王女の婚約で盛り上がっていた。

「まぁ、ハロルド殿下が宰相になれば、誰が王配でもタンタルは安泰だろうがな」

「それにしてもハロルド殿下は結婚されないな。王女様より先かと思ってたのに」

話題はなかなか結婚しない王弟ハロルドに移っていく。

「ああ、とっくに妃をお迎えになってもいい年なのにな」

「独身主義なのかもしれないぞ？　女嫌いって噂もあるからな。だいたいあの仏頂面のハロルド殿下が結婚とか、想像できねぇ」

（ハル……、酷い言われようね……）

噂話が耳に入って、フレイアは思わず苦笑した。

昔のハロルドしか知らないフレイアからしたら、最近聞くハロルドの姿はまるで別人のようだ。

冷徹に政務をこなし全く笑顔を見せないとか、社交の場には一切姿を見せないとか。

縁談を断るばかりか女性を全く近づけないので、女嫌いなどとも言われている。

（ハルは本当に変わってしまったのかしら……）

でも、そんなこと、フレイアには関係ない。

どんなハロルドでも、フレイアは会いたかったのだから。

しばらく咲き乱れる桜の下を歩いていたら、桜並木の向こうに、マントを羽織った男が立っていた。

黒い髪に黒い眼帯。

「……ハル」

今日、タンタルの王宮にハロルドをたずねることは伝えていた。

数日前に手紙を送ったばかりで、もちろん返事なんて待っていない。

そして、ほんの少し前に、先触れを出した。

『もうすぐ着きます。桜を見ながら貴方に会いに行きます』と。

「ハル……」

もう一度呟くと、フレイアは満面の笑みを浮かべた。

そして、ゆっくり、ゆっくりと、ハロルドに近づいていく。

「久しぶり、ハル」

フレイアはハロルドの目の前で止まって、その顔を見上げた。

ハロルドは黙ったまま、その見える方の左目でフレイアを見下ろしている。

「私、来ちゃった」

そう言うと、ハロルドは困ったような顔でまじまじとフレイアを見つめた。

久しぶりに見るハロルドは、やんちゃで朗らかだった少年の頃の面影はなく、すっかり精悍な男の顔つきになっている。

ともすれば威圧感さえ感じる風貌に、しかしフレイアは構うことなく、彼を見上げて僅かに唇を尖らせた。

「私、来ちゃったのよ。何か言って？　ハル」

ハロルドは眉根を寄せ、微かに首を傾げた。

「フレイア……、どうして……」

「だって、会いたかったから」

ハロルドの左目を見つめて、フレイアは微笑む。

しかしその黒い眼帯に覆われた右目を見て、微かに眉をひそめた。

「やっぱり……、見えるようには、ならなかったのね……」

腕と脚の麻痺こそ残らなかったと聞いているが、ハロルドの右目はついに光を失ったままだった。

「いいんだ。これは、俺の勲章だ」

ハロルドは誇らしそうに自らの右目に触れた。

「この通り、体はもう元通りだ。剣も振れるし、走ることもできる。片目でも何一つ不自由はないし、それにこの容貌が威圧感を与えるらしく、為政者としては役に立っているくらいだ」

そう言って、ハロルドは苦笑した。

「もう君が気に病む必要はないんだ。もう、重荷を下ろしてくれ、フレイア……」

あの後すぐにセレンとフレイアが離婚したことも、そのセレンが最近再婚したことも、ハロルドはきっと知っているのだろう。その上で、大きな誤解をしている。

「贖罪でも、憐れみでもないわ、ハル」

フレイアはハロルドを見上げ、キッパリとした口調でそう言った。

「私こそ、本当に貴方に会いに来ていいのか、たくさん悩んだわ。だっていくら綺麗事を言ったって、私の手は血で汚れていて、それを忘れたことはないもの」

クーデターの折、敵とはいえ、この手で剣を振るい、矢を射たのだ。

あの感触を、生涯忘れることはないだろう。

「それは……、俺の手だって……」

「それに、ハルに大怪我させた私が今さら会いに来るのも、なんて厚かましい女なんだろうって思う」

「だから、そのことは……！」

「でも……、アルゴンに戻って忙しく過ごしていた間も、思い出すのはいつもハルの笑顔だったの。そばにいてもいなくても、私の心に寄り添い、いつも明るく励ましてくれたのはハルだった。ハルはいつの間にか、私の心の一番奥深く、一番柔らかな場所にいたのよ。だから……、助けてもらったからとか、自分のせいで怪我を負わせたからとか関係なく、私はハルに会いたかったの」

ハロルドの黒曜石のように煌めく瞳に、フレイアが映っている。

フレイアはその瞳を見つめ、微笑んだ。

「好きよ、ハル。大好き」

ハロルドはその左目を見開き、絶句した。

「言いたかったのはそれだけ。どうしても、直接伝えたかったの」

フレイアの言葉を聞いてもなお、ハロルドはまだ信じられないという顔をしていた。

「言ったはずだフレイア。もう気に病む必要はないと。離婚し、領主の地位を得、君はもう自由の身になったんだ。俺なんかにかかわらず、自由に、幸せになっていいんだよ。それが……、俺の願いなんだから」

そんなハロルドを見て、フレイアは微かに苦笑する。

「ええ、私は自由よ。だから貴方に会いに来たの。でも貴方にもう恋人がいたり、今さら私の気持ちなんて受け入れられないと言うならこのまま帰るわ」

「フレイア……」

桜の花びらが風に舞い、フレイアの髪に降りた。

ハロルドはそっと手を伸ばし、その花びらを摘む。

花びらを手放すと、ハロルドは今にも泣きそうにくしゃりと顔を歪め、フレイアにたずねた。

「俺を……、選んでくれるのか？」

「貴方がまだ私を受け入れてくれるなら」

ハロルドはゆっくりと両手を上げる。

それから、眉尻を下げると、にっこり笑った。それは、隻眼《せきがん》王子と畏怖される王弟の姿ではなく、あの頃の、フレイアを温かくさせる彼の笑顔だった。

「………抱きしめてもいい？」

「うん！」

フレイアが大きく両手を広げる。

ハロルドは両腕をフレイアの背に回し、力一杯彼女の体を抱きしめた。

「フレイア……、好きだ。……愛してる」

「私もよ、ハル！」

フレイアの腕にも力がこもり、一分の隙間もないほど、二人の体がぴったりと触れ合った。

そして満開の桜の下、二人の影はしばらく重なり合ったままだった。

エピローグ

満開の桜の下で想いを伝え合った半年後、ハロルドとフレイアは結婚した。

ひっそりと身内だけで執り行われた結婚式ではあったが、その報《しら》せは瞬く間に各国に知れ渡り、タンタル、アルゴン、テルルの国民を驚かせた。

女嫌いと噂だった王弟の結婚……、しかも相手はテルルの元王太子妃だと聞き驚くタンタル国民。

理由もわからないまま去った元王太子妃が再婚したと聞いて驚くテルル国民。

そして、故郷に戻って活躍するフレイア王女を頼もしく見ていたアルゴン国民も、彼女の再婚……それも相手が隣国の王弟と知って驚いた。

だが、それぞれに驚きはしたものの、誰もが、口々に祝福の言葉を口にしたのだった。

そして、それからさらに時は流れ。

ハロルドはタンタルの宰相の座につき、忙しい毎日を送っている。

フレイアはビスマスの女領主として、また、シルクブランドの経営者兼デザイナーとして、ハロルド以上に忙しい毎日を送っている。

お互い離れた場所で働いているため、いわゆる別居婚である。二人揃って社交の場に出ることが少ないため夫婦関係は推測の域を超えないが、おそらく、仲は睦まじいのだろうと思われる。

すでに続けて二人子宝を授かったフレイアは、現在三人目を懐妊中だからである。

「フローラ〜！　パパが来たよ〜！」

扉を開けて飛び込んできたのは、フレイアの夫ハロルドではない。兄のサイラスだ。

「お兄様。フローラが混乱するからパパと呼ばせるのはおやめください」

フレイアが冷ややかに見据えようとも、サイラスはどこ吹く風だ。

「いいだろ、未来のパパなんだから。ね〜？　フローラ〜」

そう言ってサイラスはフローラを抱き上げた。フローラとは二歳になるハロルドとフレイアの長女で、サイラスは小さい頃のフレイアにそっくりのこの姪が可愛くて仕方がないらしい。

ちなみに、今、サイラスには子供が三人いるが、全て王子である。

『フローラは将来エリックのお嫁さんになりたい？』

などと誘い……、いや洗脳し、フローラを自分の嫡男エリックの婚約者にしようと目論んでいる兄を、フレイアは呆れた目で見つめた。

そんな二人の間にいつも割って入るのは四歳になるフレイアの長男レオンだ。

「おじ様、エリック殿下とフローラは従兄妹同士だから、結婚はできないと、とと様が言ってました」

真面目な顔で伯父を見上げるレオンの顔立ちは、これまた昔のハロルドそっくりだ。

サイラスはもちろんそんな甥も可愛がっているのだが、今日だけは意地悪な顔でからかうように答えた。

「いや、従兄妹でも結婚はできるよ。それにお前のかか様と私は腹違いだから、従兄妹と言っても、そんなに血は濃くないしな。お前のとと様はフローラを渡したくなくてそんな嘘を吐くんだ」

「お兄様。レオンをからかうのはおやめくださいませ」

そうして後ろからレオンを抱き上げると、自分の膝に乗せて座り直す。

妹に叱られたサイラスは軽く首をすくめると、フローラを抱き上げ、自分も椅子に腰掛けた。

「それにしても、相変わらず週末家族なのか?」

「そうですよ。お互いに仕事を持った別居婚。すごく新しいでしょう?」

フレイアは自慢げに答え、悪戯っぽい目で兄を見る。

サイラスはそれを眩しそうに見つめて、「そうだな」と大きく頷いた。

元々綺麗で可愛らしい妹だったが、妻になり、母になり、ますます美しくなったと、サイラスは目を細める。仕事にも家庭にも誇りと自信を持つ様が、一層彼女を魅力的に見せているのだろう。


次期宰相を約束された王弟と隣国の出戻り王女の結婚は、そう簡単な話ではなかった。国政の中枢にいるハロルドは、もちろんタンタル王都を離れられないし、女領主であるフレイアも、長い期間ビスマスを離れることを良しとしない。貴族の中には妻子を王都に残し、自分だけが領地に赴く者もいるが、他国の王族同士である二人にはそういったことも難しい。

別居婚に踏み切るにあたって相当な反発もあったが、それでもそれを押し切り、新しい夫婦の形を作っていけたのは、双方の兄であるタンタル王とアルゴン王太子の支持があったおかげでもある。

ハロルドは宰相としての仕事をこなしながらも、週のうち必ず二日は休みをもぎ取り、半日をかけてビスマス領へ向かう。

そして週末は家族で過ごす。

フレイアも夏と冬には長期の休みを取り、子供を連れてタンタルの王都で過ごす時間を作る。

そうして五年間、別居しながらも、二人は温かく幸せな家庭を築いてきたつもりだ。

「ただいま～！」

扉を開けて元気よく入ってきたのは、今度こそ本当の父親ハロルドだった。声を聞くなり子供二人はフレイアとサイラスの膝からひょいっと飛び下りて、ハロルドの方へと駆け寄った。

「とと様、おかえりなさい！」

「ととたま！」

「ああ、ただいま」

ハロルドは両手を目一杯広げて二人を抱きとめると、交互に頬ずりをした。

「とと様ちくちくする」

「ちゅくちゅくちゅる」

子供たち二人に頬を挟まれて、ハロルドが幸せそうに目を細める。

「おかえりなさいハル」

「ただいま、フレイア」

子供たちの後ろから声をかけたフレイアに、ハロルドは一層目尻を下げた。が、困ったことに、子供たちを抱き上げているため両腕とも塞がっている。それを見たフレイアは両手を広げ、子供たちを抱いたままのハロルドの首に自ら抱きつくと、その両頬に、そして唇にキスをした。

「…………長い」

苛立たしげにこぼされた呟きに、フレイアはゆっくりと唇を離すと、ようやく兄の方を振り返った。

「あらお兄様、ごめんあそばせ。久しぶりに愛しい夫と会ったものですから」

「久しぶりって……。毎週会ってるんだろう？」

「なんだサイラス。また来てたのか」

フレイアにキスを中断され、ハロルドも不満気にサイラスを見る。

そんなハロルドを見ながら、サイラスはニヤリと笑った。

「別にお前に会いに来たわけじゃない。レオンとフローラに会いに来たんだ」

「手懐けようったって、フローラは嫁になんかやらないぞ」

「私からフレイアを奪ったお前が何を言う」

「フレイアは自分から来たんだ。俺が奪ったわけじゃない」

唇を尖らせながら言い合う二人を、フレイアは微笑ましく眺めた。

片や一国の王太子、片や一国の宰相となろうと、親友同士の二人の仲は何年経っても変わらない。

「そういえば、セレン陛下も将来を見据えて王太子様とフローラを交流させたいと言ってきたわ」

思い出したようにこぼしたフレイアの言葉に、二人がピタリと言い合いをやめてこちらを見た。

「フローラはやらないぞ？」

すぐにそう反応したのはサイラスだ。一方のハロルドは眉根を寄せてフレイアを見つめた。

「……セレン陛下が？　その……、フレイアは直接陛下と話したのか？」

ハロルドの問いにフレイアは首を傾げる。

「どうして直接？　直接お会いするわけがないでしょう？　王妃様のドレス注文の折にお礼状を書いたらお返事がきて、それから何度かやり取りをしているの。ハルだって知ってるでしょう？」

「ぶ……、文通？」

ハロルドがこの世の終わりであるかのような顔をした。

「文通じゃないでしょ？　いやねハル、妬いてるの？」

フレイアが呆れたように見上げるが、ハロルドは不満気に唇を結んだまま。

フレイアはハロルドの腕から子供たちを引き取ると、サイラスに押し付けた。

そして、ハロルドの両手を自分の両手で包み込む。

「私にはハルだけよ？　わかってるでしょう？」

「…………うん。でも俺、時々不安になるんだ。片想いの時間が長すぎたから」

「貴方の子を二人も産んで、三人目もここにいるんだけど？　それでもまだ不安？」

フレイアはハロルドの手を自分のお腹に持っていった。

「……ごめん」

ハロルドはばつが悪そうに苦笑して、フレイアのお腹に手のひらを当てた。

少し膨らんできたそこには、幸せがいっぱいに詰まっている。

「――そういえばね、ハル。庭の桜が蕾をつけたの」

フレイアがハロルドを見上げてにっこり笑うと、ハロルドも「そうか」と目尻を下げた。

庭の桜……、それは五年前、フレイアとハロルドの成婚記念に植樹した木だ。

小さい頃、桜の木に登って遊んだ記憶。

窮屈なテルル王宮を抜け出した思い出。

そして、満開の桜の下での告白。

桜はこれまでずっと二人の思い出を彩ってくれた。だから結婚した時、桜を植えようと二人で決めたのだ。これから毎年、この季節が巡ってくるたび、二人で一緒に見ようと。

「見に行きましょう?」

ハロルドが嬉しそうに頷くのを、サイラスは少々冷めた目で流し見る。フレイアはそんな兄に目配せすると、夫の手を引いて部屋を出ていく。

いかにも（可愛い人でしょ?）とその目が言っている。

サイラスはそんな二人の背中を見送ると、レオンとフローラを抱き上げ、呆れたように呟いた。

「君たちのとと様は、かか様に上手に転がされてるねぇ」

タンタル貴族の間では隻眼《せきがん》宰相などと畏怖されているらしいが、フレイアを前にしたハロルドに、その片鱗は全く見えない。

「ま、いっか。二人が幸せそうだから」

窓から庭を眺め、サイラスが笑う。

そこには手を繋ぎ、幸せそうに桜を見上げる二人の姿があった。

テルル国王となったセレンは善政を敷き、広く臣民に敬われている。クロムから嫁いだ王妃との仲も睦まじく、側妃や公式寵姫《ちょうき》を置くこともない。

最近では、辺境にいる兄クリスの嫡男を、自分の息子である王太子の側近候補として呼び寄せ、育てているという。

タンタルの宰相ハロルドは、兄である国王、姪である女王と二代にわたって仕え、平和で豊かな国であるよう尽力する。

妻であるビスマスの女領主フレイアも、領内の産業、事業経営共に成功をおさめ、領の発展に尽くし、領民を潤した。仲睦まじいハロルドとフレイアの様子はタンタル国内、ビスマス領内でもよく見られ、お互いに協力し合うその姿は民の模範になって、今なお慕われ続けている。

最近の二人の夢は、お互いの仕事を早く子供たちに引き継いで、夫婦寄り添って、共に暮らすことだと言う。

かつて、初々しく美しいと国民の全てが憧れたテルルの王太子夫妻はたった三年で離婚した。

今も、その理由ははっきりと伝わっていない。

しかしその二人とも、また後にその配偶者となった者たちも、皆とても幸せに暮らしているという。

そして、その子供たちの話は……、それはまた、別のお話。

書き下ろし番外編

片想い

片想いは辛い。

ましてや、絶対に報われないとわかりきっている想いは。

タンタル王家の第五王子ハロルドがそんな辛い片想いをするようになったのは、彼自身思い出せないほど昔である。


ハロルドの父はタンタル王、母はその正妃である。

母は隣国アルゴンの王家から分かれた侯爵家の出身で、先代アルゴン王の養女となってタンタルに嫁いできた女性だ。ハロルドの他に、王太子である長兄も産んでいる。

父には正妃の他に側妃が三人おり、それぞれ王子や王女を産んでいた。要するにハロルドには腹違いの兄や姉が複数いるのだ。

それは父が好色家というよりは、祖父の代にあった天災で王権が弱まっていたため、有力な貴族からあげられた側妃を拒めなかったという方が正しい。

しかし一夫一妻制を貫いているアルゴン王室から輿入《こしい》れした母にとっては、かなり辛い日々であったのだろう。母は時々息抜きと称して、幼いハロルドを連れてアルゴンに里帰りしていた。

タンタルの王妹は現アルゴン王に嫁いでいたから、両国は二重の縁で繋がっている友好国である。

そのアルゴン王室では、タンタルから嫁いだ妃が幼い王子と王女を遺して亡くなっており、自国の貴族から継妃を迎えていた。

この継妃の産んだ王女が、ハロルドの初恋相手フレイアである。

フレイアの婚約が決まったと母から聞かされたのは、ハロルドが十歳の誕生日を迎えた頃である。

タンタル王宮の母の部屋で、美味しい茶菓子などを食べていた時のことだ。

日に日に寒くなってきていたため、冬でも割りと暖かいアルゴンへ里帰りしないのかとたずねていた最中のことで、後から思えば、母はこの話をいつ切り出そうかとハロルドの様子を窺っていたのだろう。

あの日の衝撃は、今もハロルドの脳裏にこびりついている。

「ハル……、アルゴンへの里帰りなのだけれどね……、当分、控えようと思うの」

「……どうして？　フレイアやサイラスが待ってるんじゃないの？」

アルゴンの第一王子サイラスは、正真正銘ハロルドと従兄弟同士だ。

継妃の産んだ腹違いの妹フレイアを、サイラスは溺愛しており、アルゴン王室は国の規範になるような仲の良い家庭を築いている。

サイラスは同い年のハロルドを本当の兄弟のように扱っていたし、フレイアもまた実の兄のようにハロルドを慕っていた。

兄姉は多くてもほとんど顔も合わせないような環境で育ったハロルドにとっては、二人こそが本当の兄妹のようであり、またそんなアルゴン王室は憧れでもあった。

「……実はね、フレイア様の婚約が整ったの。今までは口約束みたいなものだったようだけど、きちんと誓詞《せいし》を交わしたらしいわ。だからね、もう今までのようにフレイア様と一緒に遊んでいてはいけないのよ、ハル。妹のように可愛がっていたのでしょうけれど、貴方とフレイア様に血の繋がりはないのだから」

「婚約って？　どうして遊んではいけないの？」

「フレイア様は将来、テルルの王太子様のお妃様になるのよ。だからむやみに他の男の子と遊んだり近づきすぎてはいけないの」

「フレイアがテルルの王太子と結婚するってこと!?　どうして!?　フレイアは僕のお嫁さんになるんじゃなかったの!?」

驚いたハロルドに詰め寄られ、母は困ったように小さく微笑んだ。

「……ハル。タンタルの第五王子である貴方は、将来王籍《おうせき》を離れて臣下に下る身なの。アルゴンの第二王女であるフレイア様とは結婚できないわ」

「……嘘だっ！　サイラスだって、僕がフレイアの相手だったらいいのになって言ってた！」

「……サイラス様はフレイア様を溺愛しているから、手元に置いておきたくてそんなことを言ったのでしょう。この婚約話にも反対したと聞いているわ」

「……だったら……っ！」

「……ハル、これはテルルとアルゴンの国同士の話なのよ。タンタル王室の私たちが口出しできることではないの。それに、フレイア様ご自身が婚約をすんなりと受け入れたらしいわ」

「そんな……」

「ごめんね、ハル」

母はそっとハロルドの頭を撫でると、そのままキュッと抱き寄せた。

母は、ハロルドの恋心など彼以上によくわかっていたのだろう。

しかし彼自身は、フレイアが自分以外の男と結婚すると知らされて初めて、その恋心を自覚したのだった。

母は里帰りの折、よくハロルドだけをアルゴンに置いて帰った。

仲が良く家庭的なアルゴン王室の雰囲気を気に入っていた母は、ハロルドにもそうしたのびのびとした暮らしを味わってほしかったのだろう。

アルゴン王室の四人の子供たちは皆ハロルドを歓待していたが、中でも年が近いサイラスとフレイアとは毎日行動を共にしていて、それこそ寝るも食べるも、悪戯するのも一緒だった。

女ながらに剣を覚えたいというフレイアに、稽古をつけてやるのもハロルドとサイラスの役目だ。

そしてハロルドは、いつからか、自分を兄のように慕い、後をついてくるフレイアが可愛くて仕方がなくなった。

またいつからか、アルゴン王宮を訪ねる一番の目的はフレイアに会うことになっていた。

サイラスから、フレイアには口約束程度の許婚《いいなずけ》がいるとは聞いていたが、そんなずっと先の話は想像できなかったし、また、自然に消滅するのだろうと思っていたのだ。

ハロルドがアルゴンへ行けば王や王妃も可愛がってくれる。まるで実の息子のように。

いつかフレイアをお嫁さんにしたいと言い出したら、あっさり受け入れてくれるのではないだろうか。

サイラスたちがいて、自分がいて、そしてフレイアがいて。そんな毎日がずっと続くと、漠然と思っていたのだ。


フレイアの婚約成立を聞いた冬、ハロルドはいつものようにアルゴン王宮を訪れた。

母にはフレイアと距離を置くよう言われていたが、アルゴン王室は驚くほどハロルドへの対応が変わらず、フレイアもまた相変わらずハロルドにくっついていた。

ただ一言、「婚約おめでとう」とだけ伝えたら、彼女は嬉しそうにはにかんだ笑顔を見せた。

それでハロルドは理解した。彼女はまだ見ぬ婚約者に恋をしている。

フレイアの気持ちははじめからハロルドのところになどなかったのだ。

結局、自分は彼女にとってサイラスに次ぐ兄でしかなかったのだ。

それからフレイアが嫁ぐまでの数年間、二人の仲は全く変わらなかった。

相変わらずハロルドを兄としか思っていないフレイアは平気で触れてきたり絡んできたりする。

ハロルドがどんなにドキドキしているのかもわからずに。

彼の気持ちをわかっているサイラスは時々そんな妹を恨めしそうに見ているが、ハロルドは親友の態度に苦笑を返すだけ。

本音を言えば、ここまで鈍感なフレイアを憎たらしいと思う。

無邪気に婚約者の話をする彼女を残酷な女だとも思う。

しかしそれよりも、こんなに彼女に想われているセレン王子が羨ましいし妬ましい。

しかも彼はこんなに可愛くてハロルドの大事な大事なフレイアを粗雑に扱っているのだ。心の底から許せない。

あれはフレイアが十四歳くらいの頃だったか。

婚約者セレンの絵姿の前でうっとりと頬を染めるフレイアを見たハロルドが、少々意地悪を言ったことがある。

「こんなの、ただの絵だろ？　本人はどんな奴かわからないよ。だいたい、婚約してから一度も会いに来ないってサイラスが愚痴ってたよ。そんな奴、いい夫になるわけがないよ」

自分なら大事にするのに、良い夫になるのにという気持ちを込めてハロルドが呟く。

そんなハロルドに、フレイアは小さな笑みを返す。

「……きっと王太子になられたばかりで忙しいのよ」

「そうかな。忙しくたって、婚約者に気持ちがあれば会いたいって思うはずだろ？　手紙の一つも寄越さないなんておかしいよ」

「……ハル……」

フレイアの悲しそうな目を見て、ハロルドは失敗したと思った。

フレイアにこんな顔をさせたかったわけじゃない。

「俺はただ……、フレイアが心配なんだ。君には幸せになってほしいから」

「ありがとう……」

フレイアはハロルドの目を見てにっこり笑った。

「でもね、ハル。私はアルゴンの王女なの。私がテルルに嫁いで、セレン様と仲の良い夫婦になるのがアルゴン国民の平和と幸せにも繋がるって、お父様はおっしゃっていたわ。だからアルゴンのためにも、もちろんテルルのためにも、私は誠心誠意セレン様にお仕えしようと思うの。もちろん、自分の幸せのためにもね」

「そうか……」

フレイアの笑顔を見て、ハロルドも頷いた。

婚約者の絵姿に恋するような脳内お花畑の少女だと思っていたが、その実《じつ》フレイアは王女である責任もちゃんと自覚していたのだ。

だったらもう、ハロルドが言うことなど何もない。

自分の想いは永遠に封じ、ただ初恋の人の幸せを願うだけだ。

「あー、悔しい！　やっぱりハルに掠りもしないわ！」

不満気に叫んだフレイアが稽古用の剣を腰に戻した。

テルルへの輿入《こしい》れまで半年を切ったが、フレイアは未《いま》だにこうしてハロルドに剣の稽古をつけてもらっている。

「あー、いいお天気」

腰を下ろし、両手を後ろ手につくと、フレイアは空を見上げた。

どこまでも広がる青い空と、風に舞う桜の花びら。アルゴン王宮の庭は今、桜が満開なのだ。

そんなフレイアの横顔を、ハロルドは眩しそうに見つめる。

「来年の桜は……、こうして一緒には見られないんだな」

テルルの王都アッザムには、数十年前にアルゴンから友好の証で贈られた桜が植えてあるという。

だから来年の桜を、フレイアはきっとテルルで見ることになるだろう。

夫となるセレン王太子と一緒に。


桜を見ると、ハロルドはある場面を思い出す。

幼かったフレイアが桜の木に登って下りられなくなったことがあるのだ。

近くに大人の姿はなく、木の上で泣き叫ぶフレイアに、ハロルドは……

「そういえば……」

桜の木を見上げていたフレイアが、ぽつりと呟いた。

「私、昔桜の木から落ちたことがあったよね。あの時お兄様に受け止めてもらえなければ、きっと大変なことになっていたわね」

「え……？」

フレイアの呟きに、ハロルドは目を丸くした。

「ハル？　どうかした？　この話するの、初めてだったかしら」

「あ、いや……。怪我がなくてよかったね、フレイア」

ハロルドはニッコリ笑った。

違う。本当は、木の下から「飛び下りろ」と叫んだのも、飛び下りたフレイアを受け止めたのもハロルドだ。だから、彼女に怪我がなかったことも知っている。

幼かったフレイアは多分、記憶が混濁しているのだろう。

でもいい。フレイアは知らなくていい。多分そのことを打ち明ける機会は、もう一生訪れないだろうから。


幸せそうに桜を見上げるフレイアの横顔を、ハロルドは見つめ続ける。

フレイアを幼い頃から知っているハロルドから見ても、最近の彼女は目を奪われるほど綺麗になったと思う。

それは、彼女が恋をしているから。ハロルドとは別の男に。

彼女の視線の先には、あの憎い婚約者がいる。

そしてハロルドの視線の先にいるのが誰なのか、そのことにフレイアが気づく日は、おそらく永遠にこないのだろう。

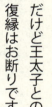

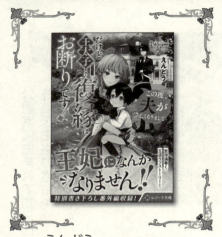

新感覚ファンタジー
RB レジーナ文庫

婚約破棄？　喜んで!!

レジーナブックス Regina

実家から絶縁されたので好きに生きたいと思います

榎夜　イラスト：仁藤あかね

定価：792円（10%税込）

シャルロットは妹に騙された婚約者と父親により、婚約破棄を受けた上に実家から絶縁され平民となってしまう。しかし異世界転生した記憶のある彼女は、これ幸いと、唯一の味方だった母が貯めていてくれた資金を元手に、服飾店を開くことに。幼馴染や友人達の援助もあり、営業は順調！

詳しくは公式サイトにてご確認ください
https://regina.alphapolis.co.jp/

本書は、2022 年 4 月当社より単行本として刊行されたものに書き下ろしを加えて文庫化したものです。


この作品に対する皆様のご意見・ご感想をお待ちしております。

おハガキ・お手紙は以下の宛先にお送りください。

【宛先】

〒 150-6019 東京都渋谷区恵比寿 4-20-3 恵比寿ｶﾞｰﾃﾞﾝﾌﾟﾚｲｽﾀﾜｰ 19F
（株）アルファポリス　書籍感想係

メールフォームでのご意見・ご感想は右のＱＲコードから、
あるいは以下のワードで検索をかけてください。

アルファポリス　書籍の感想　検索

ご感想はこちらから

RB

レジーナ文庫

王太子《おうたいし》妃《ひ》は離婚《りこん》したい

凛《り》江《え》

2025 年 2 月 20 日初版発行

文庫編集－斧木悠子・森 順子
編集長－倉持真理
発行者－梶本雄介
発行所－株式会社アルファポリス
〒150-6019 東京都渋谷区恵比寿4-20-3 恵比寿ｶﾞｰﾃﾞﾝﾌﾟﾚｲｽﾀﾜｰ19階
TEL 03-6277-1601（営業）　03-6277-1602（編集）
URL https://www.alphapolis.co.jp/
発売元－株式会社星雲社（共同出版社・流通責任出版社）
〒112-0005 東京都文京区水道1-3-30
TEL 03-3868-3275
装丁・本文イラスト－月戸
装丁デザイン－AFTERGLOW
（レーベルフォーマットデザイン－ansyyqdesign）
印刷－中央精版印刷株式会社

価格はカバーに表示されてあります。

落丁乱丁の場合はアルファポリスまでご連絡ください。

送料は小社負担でお取り替えします。


ISBN978-4-434-35312-3 C0193